初恋に堕ちる

RUKA TAKATO

高遠琉加

CHOCOLAT BUNKO

ILLUSTRATION 北沢きょう

C O N T E N T S

「じゃあ体をください」

と言った。心をくれないのなら。

それで終わりにしようと思った。

手に入れて、汚して、ゴミみたいに捨てるつもりだった。初恋を。

――なのに。

■

「いかがですか?」

身をかがめて声をかけると、伏せていた睫毛がぴくりと動いた。

おずおずと顔を上げる。鏡の中の自分と目が合って、彼女はぱちりと瞬きをした。

「――」

瞬間、瞳の奥に光が弾けた。小さな小さな光だ。他の人にはわからないくらいかすかに、
ちかちかと瞬いている。

この瞬間が、好きだった。ほら見ろ、という気分になる。自分が誰かを変えられる、誰

かを綺麗にできる、という実感。それは少しだけ恋愛に似ている。

「さっちゃん、似合ってるよ！」

「ほんと、とってもかわいいわ」

周りにいる人たちが口々に言う。鏡越しに周《あまね》が微笑《ほほえ》むと、さっちゃんと呼ばれている彼女は赤くなってまたうつむいてしまった。

「さすがお洒落《しゃれ》な美容師さんはセンスが違うねえ。見違えたよ」

「密崎《みつざき》さんは『オルタンシア』ってサロンをやってらして、予約が取れないサロンで有名なのよ」

「へえ。カリスマ美容師ってやつ？」

「違いますよ。一人でやっているから予約が取りにくいだけです」

周が言うと、鏡の前に座っている〝さっちゃん〟が、小さく呟いた。

「……オルタンシア」

「はい」

「紫陽花《あじさい》ですよね」

「そうです。よくご存じですね」

微笑んで言って、周はジャケットの内ポケットからカード入れを出した。経営している美容室のショップカードを一枚出して、彼女に渡す。紫陽花をデザインしたカードに『ス

タイリスト　密崎周』と名前を入れていた。

「退院したら、ぜひいらしてください」

受け取って、彼女はじっとカードを見つめた。

「私も欲しいな」

「私ももらっていいですか？」

病室に集まっていた患者や、看護師までもが言い出す。カードはどんどん減っていった。

ここは病院だ。大きな総合病院の入院病棟で、周は今日、ここに出張カットに来ていた。

普段は自分の店で仕事をしていて、出張カットなんてしない。入院している上得意のお客さんに頼み込まれて、これも営業活動の一環かと休日を返上して来たのだ。

得意客の森川《もりかわ》さんは個室に入院していた。お洒落好きな優雅なマダムだ。もうしばらく入院が必要らしいが、けっこう元気そうだった。森川さんの病室の洗面台の前に椅子を置いて、即席のサロンにしている。事前に病院内で話が広まっていたらしく、入れかわり立ちかわりたくさんの客がやってきた。患者に付き添って、看護師も覗きにきている。

椅子は高さが変えられないし、自分が座るスツールもない。薬剤を使うパーマやカラーリングはできないから、ずっと立ちっぱなしで鋏をふるっていて、さすがに疲れてきた。

昼過ぎから始めて、もう夕方だ。窓の外では陽が暮れかけている。そろそろ終わりにしようと思ったところに、彼女はやってきた。

〝さっちゃん〟は同室の患者にひっぱられてきた。まだ若い女の子で、学生にも見える。なんの病気かは知らないが、入院は長いらしい。

最初の印象は、おとなしい子だな、だった。それに人見知りをするらしい。ずっと恥ずかしそうにうつむいていて、周の顔もろくに見ていなかった。髪はパーマもカラーリングもしていなくて、すとんと背中までまっすぐに落ちている。前髪も長くて、顔を半ば覆い隠していた。そのせいか、少し暗く見えた。

「せっかくだから、ばっさり切ってみたら？」

そう言ったのは、彼女を連れてきた同室の患者だ。明るくて、ちょっとおせっかいそうな中年女性だ。

「さっちゃんかわいいのに、顔が隠れてもったいないって思ってたんだよ」

「そうねえ。長い髪もいいけれど、入院してると大変じゃない？　短いのもきっとかわいいわ」

森川さんも口を挟んできて、周りの方が盛り上がってしまった。もじもじしている彼女に、周はできるだけ優しく言った。

「とても綺麗な髪だし、いきなり短くするのは勇気がいりますよね」

「……」

「とりあえず、肩につかないくらいのボブはどうですか？　結ぶこともできますし、ずいぶん軽くなると思いますよ」

長い髪を両手でまとめて、肩の上に持ち上げてみる。鏡の中に向かって、微笑んだ。

「切ってみますか?」

さっちゃんは瞬きして周を見た。それからぎこちなく、でもちゃんと頷いた。

「はい」

色白の肌に、黒い髪はよく似合っていた。それを肩上で切り揃え、前髪もカットして顔を出した。丁寧にブローして艶を出し、ゆるく内巻きにセットしている。我ながらなかなかかいい仕上がりだと思う。最初に見た時とはずいぶん変わって、明るい雰囲気になった。

「……密崎、周さん」

さっちゃんはまだカードを見ている。周の名前を呟いて、顔を上げた。

「あの…」

「はい?」

目を合わせて周が微笑むと、かあっと耳まで赤くなった。

「さっちゃんったら。イケメンさんだから照れちゃってるよ」

同室の患者がからかうように言って笑った。

「ち、ちが」

「わかるわ。密崎さん、かっこいいものね。雑誌やネットにもよく出ていて、イケメンスタイリストって有名なのよ」

森川さんがおっとりと笑う。

「お姉さんはモデルさんなのよね」

「はい」

「えー、ひょっとして密崎彩《あや》さんですか？　知ってます！」

「すごく綺麗な人ですよね」

若い看護師たちがきゃっきゃっとはしゃぎ出す。はは、と周は笑って受け流した。

自分の顔がいいことは知っていた。物心ついた頃からかわいいだの美形だのと言われてきたし、はっきり言ってモテる。

「姉の髪も僕が切ってるんです。お仲間のモデルさんたちも来てくれるし、よかったらぜひお店にいらしてください」

営業スマイルで言うと、女性の看護師や患者たちが揃ってうっとりとした目になった。

美容業界で個人事業主なので、モデルの姉と同様、顔も商売道具のひとつだと周は思っている。顔が来店のきっかけでもかまわない。いずれ技術を気に入ってくれれば。

「せっかくなので、ちょっとだけメイクもしてみませんか？」

周はメイクボックスに手を伸ばした。洗面台にはドライヤーやブラシ、ヘアピンなどの小物のほかに、メイク用品も置いてある。

「サービスでみなさんにしてるんですよ」

「やってもらいなさいよ、さっちゃん！　こんなイケメンにお化粧《けしょう》してもらえるなんて、めったにないよ」

「そうよ。お若いんだから、もっと綺麗にしなくちゃ」

「あの、でも……病院だし」

「チークとリップだけでもどうですか？　顔が明るくなりますよ」

周はピンクのリップを選んで繰り出してみせた。あまりメイクをしたことがないのか、さっちゃんはとまどっている。

「そうだ、そろそろ旦那さんが来る時間じゃない？　呼んできてあげるわ！」

「ま、待って」

彼女が止めるのも聞かず、同室の女性は飛ぶように部屋を出ていってしまった。入院患者なのに元気な人だ。

「ご結婚してらっしゃるのね」

森川さんの言葉に、さっちゃんはふるふると首を振った。

「してない…です」

「じゃあ彼氏さん？　綺麗になって見せてあげましょうよ」

照れているのか、彼女はうつむいて唇を噛む。周はコーラルピンクのチークを手に取った。

「これは自然素材で肌にいいし、石鹸で落ちますよ」

ブラシにたっぷり含ませて、ティッシュで馴染ませる。「失礼します」と断って、彼女の白い頬にふんわりのせた。

内側から滲むような血色感が生まれて、ぱっと顔が華やぐ。リップはラインを取らず、ぽんぽんと軽くのせた。グロスでひかえめに艶を足し、ぷるんと弾むような唇に仕上げる。これだけで、がらりと変わる。

「どうでしょう」

鏡に映る自分を見て、さっちゃんは目を見ひらいた。まじまじと見つめている。初めて会った人みたいに。瞳の中でちかちかと星が瞬いている。

「いいじゃない！　すごくかわいいわ」

「あらほんと。とっても綺麗」

「栗田《くりた》さん、似合ってますよ」

周囲の人が寄ってきて、わいわいと彼女を囲む。口々にかわいいだの綺麗だのと言われ、彼女は真っ赤になってうつむいてしまった。ほっぺたがりんごみたいだ。

（かわいい子だな）

素直に、そう思った。日頃こなれたお洒落な女性をたくさん見ているので、こういう子は新鮮だ。

いい仕事をしたなと自画自賛する。慣れない出張カットで疲れたけれど、気分はよかった。

「じゃあ、今日はこれでおしまいにしますね」

言って、彼女のガウンをはずした。床の掃除を始めると、看護師が手伝ってくれる。広げていた道具をバッグに片づけていった。

そこに、にぎやかな声が飛び込んできた。

「ほら橘《たちばな》さん！　見てあげてよ」

中年女性に腕を引っぱられ、スーツ姿の男性が病室に入ってきた。

（橘？）

何気なく、周は目を上げた。

一瞬、時間が止まった。

もう夕方で、室内には西日が射している。暖かなオレンジ色に染まった光景が、少しの間、写真みたいに静止して見えた。

「え、紗知《さち》？　うわっ、変わったなあ！」

男は目を丸くして声を上げた。

「へ…変？」

さっちゃんの名前は紗知というらしい。両手で髪を押さえて、泣きそうな顔になった。

「変じゃないよ！　かわいい！　すごく似合ってる」

「でしょ。さっちゃん、かわいくなったよねえ」

「彼氏さん？　彼女、変わったでしょう。メイクもちょっとだけしてるのよね」

「メイクって、化粧？」

「変？　変？」

「変じゃないって！　うわーすごい。女の子って変わるなあ」

男は楽しそうに笑っている。さっちゃんを囲んでにぎやかに盛り上がっている輪からはずれて、周は一人、ひそかに唾を呑んだ。

（嘘だろ）

ごく普通のスーツ姿だ。二十代半ばくらい――知っている。二十八歳だ。周のひとつ上だ。でも童顔で、社会人なりたてくらいにも見える。

最後に会ったのは、彼が高校を卒業する時だった。ちょうど十年前だ。周は同じ高校の後輩だった。

――ありがとな
困ったように笑った顔を思い出す。

明かりを消した視聴覚室で、黒い遮光カーテンを閉めていた。スクリーンに海の映像が映っていて、海面に反射した光が彼の顔の上でちらちらと踊っていた。

――ごめん
優しくて遠い顔。

変わっていない。いや、それなりに大人びてはいるけれど、見た感じの印象は少しも変わっていなかった。

優しげな瞳も、笑うと少し困ったような顔になるところも。ひたいの生え際の右寄りに傷があって、どうしても前髪がそこで分かれてしまって、時々ぴょこんと寝ぐせみたいに浮いている――そんなところも、そのままだった。

変わったところといえば、少し疲れたように見えるところか。仕事帰りの社会人なんて、みんなそんなものだろうけど。

「髪切ったの、ひさしぶりだよな。よかったなあ、紗知」

あの頃と同じ顔で、彼はさっちゃんに笑いかけた。

紗知。

彼氏。

(……嘘だろ)

胸が、いや、喉の奥が、いや、頭の奥の方が――どこかわからない奥の方が、ぎゅうっと苦しくなった。締めつけられたみたいに。

知らなかった。そんなふうに苦しくなる場所が、まだ自分の中にあったなんて。

「美容師さん、出張で来てくださったんですよね。どうもありがとうございます」

他人に笑いかけるフラットな笑顔で、彼が周を振り返った。

「――あれ」

目を見ひらく。とっさに声を出せず、周は唾を呑んだ。

「え、あれ……密崎、だよな？」

（笑え）

営業スマイルは得意のはずだ。心の中がどんなだって、雨だろうが曇りだろうが嵐だろうが、表面だけは晴れのようにとりつくろうことができる。

「おひさしぶりです、橘先輩」

周はにこりと微笑んだ。

笑えている、はずだった。きっと誰にもわからない。もしもわかるとしたら……

「やっぱり、密崎か！」

彼は笑った。

嬉しそうに。ただ普通に後輩に再会したみたいに。

「ひさしぶりだなあ」

なんにもなかったみたいに。

「…っ」

ひそかに唇を噛んで、周は後ろ手にぎゅっと洗面台を掴んだ。

それが、橘侑一《ゆういち》との——初めて本気で好きになって、初めてふられた相手との、十年ぶりの再会だった。

■

ヘアサロン『オルタンシア』は、周が一人でやっている小さな美容室だ。

雇われ美容師じゃ給料もたかが知れているし、やっぱりいつかは自分の店を持ちたい。

そう考えていた頃、住んでいるマンションの一階にあったコーヒースタンドが移転するという話を聞いた。

周はそこの常連で、店長とも顔見知りだった。テイクアウト中心の小さな店だ。物件は賃貸に出される予定だと聞いて、すぐに不動産屋を紹介してもらった。

店を持つなら席数ひとつだけの小さなサロンにしたいというのは、もともと考えていたことだった。その方が改装費も維持費も安くすむし、人を雇わなくていい。周自身が施術中に人が変わるのが嫌だったので、一人の客を最初から最後まで担当できる店にしたかった。

元コーヒースタンドの物件は、そんな一人サロンにちょうどいい大きさだった。気に入っている街だしアクセスもいいし、職住近接で交通費もかからない。内装や備品に凝《こ》ったので借金は抱えたが、返せる算段はあった。そうじゃなければ独立なんてしない。

実際、店は軌道に乗るまでは大変だったものの、順調に常連客が増えていた。雑誌やネットでもたびたび取り上げられているし、姉がモデルの仕事をしていることもあって、最近は有名人も通ってくれる。収入は右肩上がりに増え、借金は完済した。

すべて順調。

仕事も私生活もうまくいっているし、足りないものなんてない。欲しいものもない。

そのはずだった。

「ユカちゃん、このお店気に入ったみたいだよ。また行きたいって」

「そうですか。よかった」

応えながら、周は十本の指で頭皮をマッサージする。シャンプーの手順はもう体に沁《し》み込んでいて、何も考えず機械的にできる。

「でもあの子、面食《めんく》いだからねえ。周くん自身のことも気に入ったみたい。彼女いるのかって訊かれちゃったよ」

「はは」

周は声だけで笑った。顔は笑っていなかったかも知れない。でも、顔にタオルをかけられた客には見えないはずだ。

「……なんか、元気なくない？」

なのに相手は敏感に察してきた。あいかわらず勘が鋭い。

「そうですかね」

言って、流しますね、と勢いよくお湯を出した。丁寧に泡を濯《すす》ぐ。軽く水気を切って、トリートメントを揉み込んだ。

「この間、入院中の常連さんに頼まれて、病院に出張カットに行ったんですよ。それで休みつぶれちゃったんで、少し疲れてるかも」

「へえ。病院」

トリートメントを流してタオルで拭く。倒していたシャンプーチェアを起こして、客を座席に促した。

「サービスで少しだけメイクもしたんです。入院中の人たちだから、軽くだけど。マキさんに教えてもらった、肌に優しくて石鹸《せっけん》で落ちるシリーズ。喜んでもらえましたよ」

「そう。よかった。メイクは顔だけじゃなく心もアゲてくれるものね」

鏡の前に座った男性客は、にっこりと笑った。

「メイクは心のオシャレだから」

マキさんはメイクアップアーティストだ。本名は真輝《まさき》というらしいが、仕事上は三枝《さえぐさ》マキで通している。

雑誌やテレビでもよく見る売れっ子で、たくさんのメディアやショーで仕事をしている。最初に周を指名してくれたのはモデルの姉の知り合いだからだが、独立して店を持ってからも通ってくれていた。客や仕事を紹介してくれたりもする。

「でもさ、病院までわざわざ出張したり、サービスでメイクしてあげたり、周くんってすかしてるように見えて優しいよねえ」

「仕事だからですよ。お得意さんだったから。仕事以外じゃサービスなんてしませんって」

「……ふふっ」

意味ありげに、マキさんは目を細めた。

マキさんはだいたいいつもスーツ姿だ。すらりとした長身で、イタリア製スーツがばっちり決まっている。そんな外見で、口調はソフトで女っぽい。本人は自分はオネエじゃないと言っているが、

「心に男と女、両方いるの。両方の気持ちがわかる方が仕事にもいいでしょ」

だそうだ。

「じゃあ、切っていきますね」

業界のトップで仕事をしているマキさんに認めてもらうのは嬉しい。でもこの人は妙に鋭いところがあるし、やたらに周を「年下の男の子」扱いしたがる。見透かすような視線を無視して、周は鋏《はさみ》を使い始めた。手を動かしていれば、よけいなことを考えなくてすむ。

ドアベルの音がしたのは、ひととおりのカットを終え、ドライヤーでざっと乾かしていた時だ。

「ちょっと失礼します」

周の店には飛び込みの客はあまり来ない。次の予約客が来店したのかと、エントランスに向かった。

「あ、密崎」

そこに、橘侑一が立っていた。周を見て、ちょっと笑う。

「——橘先輩」

周は小さく息を呑んだ。

「オシャレな店だなあ。ここ、自分の店なんだろ？　すごいな、密崎」

明るい顔で言って、侑一は店内を見回した。

自分のホームグラウンドで、油断していた。とっさに笑顔を作れず、周は硬い声で応じた。

「どう、したんですか」

「うん、いや、この間あんまり話せなかったし……紗知に店のカードくれただろ。それで」

平日の午後だが、侑一はスーツ姿だ。花を飾ったシックなエントランスが少し居心地悪そうだった。

「それに、ちょっと頼みたいことがあって」

「頼みたいこと？」

「少し話せないかな」

「あー…、すみません。今、お客さんが来てて」

周は背後を気にする素振りをした。パーティションがあるので、エントランスからは座席は見えない。

「あ、うん、そうだよな。ごめん、仕事中に」

「いえ」

「えーと、待たせてもらうのってだめかな。ちょっとだけでいいんだけど」

申し訳なさそうにしながらも、やわらかな押しの強さで、侑一は言った。

なんだ、この人、と思った。せっかくこっちがあたりさわりなく対応して離れていこうとしているのに、なんでわざわざ追いかけてくるんだ。

「すみません、予約が詰まってるので…」

周が言いかけた時、パーティションの向こうからひょいとマキさんが顔を出した。

「周くん、友達?」

「あ」

「先輩って聞こえたけど」

「あ、いえ、えーと」

「周くんの先輩なんだ? こんにちは。三枝マキといいます。メイクの仕事してます」

マキさんはガウンを外してすたすたと近づいてきて、優雅に片手を差し出した。外国人俳優みたいな仕草《しぐさ》だ。侑一はどぎまぎした様子で差し出された手を握り返した。

「あ、どうも。橘侑一です。えーと、密崎とは高校が一緒で」

「ああ! 高校の先輩なんだ。へーえ」

「すみません、先輩、接客中なんで…」

「かまわないよ、周くん。ひさしぶりに会ったんじゃないの? 僕のことは気にしなくていいから」

マキさんは上機嫌で言う。周はひそかに舌打ちした。周は自分のことはあまり話さない方だ。マキさんの顔は親切心というよりも、明らかにおもしろがっていた。

「ごめんな、密崎」

侑一は困ったように笑う。この笑顔がやっかいなんだ、と周は思う。どうにかしたくなってしまうから。

「……マキさんの髪がまだ終わってないんで、少しでよければ」

しぶしぶ、言った。エントランスに置いてあるソファを片手で示す。

「とりあえず座ってください。コーヒーでもいれますから。マキさんも、どうぞ。先輩、マキさんも一緒でいいですよね？　狭い店だからどうせ聞こえちゃうし」

「あ、うん。俺はかまわないけど」

「じゃあ、お邪魔しちゃおうかな」

マキさんはうきうきとソファに座る。少し間をあけた隣に、侑一も腰を下ろした。

周はカウンターの中に入った。奥にミニキッチンがあって、飲み物がいれられる。コーヒーメーカーに豆と水をセットして、スイッチを入れた。

電動ミルがガーッと豆を挽く。お湯が沸き、サーバーの中にコーヒーが溜まり始める。ぽたぽたと落ちる褐色《かっしょく》の液体を、じっと見つめた。

――密崎はすごいな。

病院で再会したあの日、のんびりした声で言った顔を思い出した。

「美容師になりたいって言ってたもんな。夢を叶えたんだな」

「別にすごくないですよ」

「……ゆうちゃん」

さっちゃんが侑一のスーツの袖を引いた。子供が家族にするような、無邪気でかわいい仕草だ。

「あのね」

「ん？」

侑一は背をかがめて彼女の口元に顔を寄せる。仲よさそうに、内緒話をするみたいに二人で話した。

さっちゃん。ゆうちゃん。

なんの茶番《ちゃばん》だと思った。

「密崎さんの先輩なの？　奇遇《きぐう》ねえ」

森川さんに言われて、周ははっとして気を取り直した。

「そうなんですよ。びっくりしました。十年ぶりですかね」

「まあ十年！」

偶然の再会にみんなが笑顔になっている。周もなんでもない顔で周囲に合わせて笑った。そうだ。もうなんでもない。だってもう十年だ。何かあるわけがない。

「そっか。紗知、密崎に髪切ってもらったんだ。すごく似合ってるよ。かわいい」

普通だったら照れて言わないようなことを、侑一はまっすぐに言う。紗知はふわりと頬を赤らめた。

――なんでもない。

「……じゃあ、そろそろ失礼しますね」

周は道具をまとめたバッグを持ち上げた。常連客に笑みを向ける。

「森川さん、退院されたらまたお店の方に来てくださいね」

「ええぜひ。今日は本当にありがとう」

「密崎、ちょっと待…」

病室を出ていこうとする周を侑一が呼び止める。その時、紗知が小さくくしゃみをした。

「紗知」

侑一はさっと顔色を変えた。本当にさっと、刷毛で塗り替えたみたいに。

「大丈夫か？　冷えたんじゃないのか」

周に向かいかけていた体を戻して、紗知に寄り添う。

「大丈夫…」

「栗田さん、もうお部屋に戻りましょうか」

看護師に言われて、紗知はこくんと頷いた。看護師と侑一に両側から付き添われ、ドアに向かう。部屋を出る前に振り返って、周に丁寧にお辞儀《じぎ》をした。

「ありがとうございました」

「いえ。……お大事に」

周も会釈《えしゃく》して返した。

本当にかわいい子だ。性格のよさが滲み出ている。きっと純真で、雪のように真っ白なんだろう。

――ごめん
(ああそうか)

そうか、と思った。こんなにかわいい子を隠していたんだ。周が知らなかっただけで。

自分が滑稽《こっけい》で。

(笑える)

「じゃあ、僕はこれで」

他の人たちに挨拶して、周は病室を出た。

廊下を進み、ちょうど来たエレベーターに乗って一階に下りる。早足でロビーを横切ろうとした。その足が、ふと止まった。

この病院のロビーは中庭に面している。中庭にはたくさんの木が植えられ、中央に大きな銀杏《いちょう》の木が立っていた。ちょうど紅葉《こうよう》の季節で、木全体が黄色に染まってはらはらと葉を落としている。

その銀杏に、西日が差していた。雲の切れ間からやわらかな光が斜めに降り注いでいる。スポットライトみたいに。

いる。

（天使の梯子）

唐突にそんな言葉を思い出した。

自然に足が向いた。ガラス張りの一部が扉になっていて、中庭に出られるようになっている。

銀杏の根元に立って見上げた。オレンジ色の西日を浴びて、まるで大きなキャンドルみたいだ。静かに音もなく燃えている。でも激しい高温の炎じゃない。おだやかであたたかい、ぬくもりのある色だ。

「――密崎…っ！」

急に腕をつかまれて、心臓が止まるかと思うほど驚いた。

「よかった。まだいた」

振り返ると、軽く息を切らした侑一が周の腕をつかんでいた。

（なんで）

瞬間的に腹が立った。

なんで追いかけてくるんだ。病気の彼女をおいて。

「先輩」

そう思ったはずなのに、口から出た自分の声が変に潤《うる》んでいて、まるで喜んでいるみたいで、周は内心でうろたえた。

……違う。腹を立てているのは彼にじゃない。自分にだ。

いまさら跳ね上がる心臓。温度の上がる体。震える声——そういうすべてに、腹が立って腹が立ってどうしようもなかった。

どうしようもない。

さりげなく、つかまれた腕を引く。侑一はぱっと手を放した。

「今日は本当にありがとうな」

あの頃と変わらない顔で、侑一は笑った。

「紗知も喜んでたよ」

周も微笑み返した。

「仕事ですから」

「……あー……」

視線をはずして、侑一は片手で前髪にさわった。

そうだった。言葉を探す時に前髪をさわるのは、この人の癖だった。彼は口数が多くない。何を考えているのかわからない時も、けっこうある。

けれどそのぶん、話す時は考えて、選んで、ようやく形にする。だからその言葉には嘘がない。飾り気も社交辞令《しゃこうじれい》もない。

「あのさ……よかったよ、ひさしぶりに会えて」

「はい」

そういう人だ。だから本当によかったと思っている。周は曖昧《あいまい》に微笑んだ。

「……」

また言葉を探して、ちょっと沈黙が落ちる。周は努《つと》めて軽く言った。

「ご結婚されるんですね」

「えっ？」

不意をつかれたみたいに、侑一は瞬きした。

「旦那さんって呼ばれてたから」

「はは。いやあ…」

照れてるのかなんなのか、視線を逸らして髪をかき上げる。

「からかわれてるんだよ。紗知、入院が長いから、患者さん仲間がもう親戚のおばちゃんみたいになってるんだよな」

「……そうですか」

周は曖昧な微笑みを浮かべ続けた。でももう、曖昧な表情をするのも面倒になってきた。聞きたくなかった。彼女のことも、病気のことも。自分から訊いたくせに。祝福することも同情することも、今はうまくできそうにない。自分の心の狭さと未練《みれん》がましさに吐き気がしそうだ。

「――じゃあ、俺、帰りますね」

「あ、うん」

切り替えるように言ってバッグを持ち直すと、侑一はちょっと視線をさまよわせた。

まだ何か言いたそうに唇を動かす。でも、何も言葉は出てこなかった。

周はこくりと唾を呑んだ。

さあ言え。笑え。もううぶでナイーブな高校生じゃない。社交辞令も笑顔も、自由自在《じゆうじざい》に操れる。

「お幸せに」

心にもないことだって、言うことができる。

「あ、うん…」

侑一が言葉を探している間に、周はさっと背中を向けた。

ロビーに戻る。エントランスに向かう前に、少しだけ振り返った。

侑一はまだ銀杏のそばに立っていた。陰り始めた西日に輪郭《りんかく》がぼやけて、表情はもう見えなかった。

三人分のコーヒーカップをテーブルに並べる。ソファはひとつしかないので、周はスツールを持ってきて向かいに腰かけた。

全員がカップに口をつける間、沈黙が落ちた。

「——で、話っていうのは」

周が切り出すと、侑一はほっとしたように口をひらいた。

「あ、うん。この間はありがとうな。紗知、髪を切ってから明るくなって……体調もいいんだよ」

「そうですか。それはよかった」

周はあたりさわりなく微笑む。

「それで外出許可も取れそうでさ、せっかく髪切ったんだし、どこかに出かけようって話になって」

「外出許可？」

マキさんが軽く眉を上げた。

「病院に出張カットに行ったたって話をしたでしょう。そこでカットした患者さんが先輩の彼女さんで……あ、婚約者でしたっけ？」

「いやあ」

侑一は照れた様子で髪をさわる。軽く、イラッとした。

「へえ。それで再会したんだ。奇遇だねえ」

「俺も驚きました。でも紗知、しばらく遊びになんて行ってなかったから、ちょっとためらってて……ここのところ入院と自宅療養を繰り返してたから、着ていく服がないって言い出してさ。じゃあせっかく髪を切ったんだから、似合う服を買いにいこうって俺が言って」

「へぇ」

そつなく相槌を打ちながら、この流れはまずいんじゃないかと周は思った。

ちらりとマキさんを見る。案の定、獲物を見つけた猛禽類《もうきんるい》みたいに目を輝かせていた。

「紗知も二十四歳だし、大人っぽい服もいいんじゃないかなって。新しい服を買ったら外に行きたくなるかもしれないし」

「そんなに入院長いの？」

「あ、はい。生まれつき心臓と呼吸器系が悪くて……でも働いていたこともあるし、最近は体調いいんです。だから外出許可も取れそうで」

「そう。よかった。それで？」

周よりもマキさんの方が前のめりになっている。

「でも俺、女の子の服とかぜんぜんわからないから」

侑一は顔を上げて周を見た。

「密崎、よかったらつきあってもらえないかなと思って」

「え」

うすうす感じていた予感が当たった。周は当惑したふりで体を引いた。

「いや、俺も女の子の服なんてわかりませんから」

「だけど俺よりぜんぜんオシャレじゃないか。この店もすごく綺麗だし。こういうところのお客さんって女性が多いんだろ？　絶対俺よりセンスいいよ」

「いや、でも…」

「紗知にメイクもしてくれたし。俺、女の子のオシャレのこととかほんとわかんないから」

「服を買うなら、紗知さんの好きなお店に行けばいいじゃないですか。好きな服を着るのが一番ですよ」

「紗知も店なんて知らないよ。ショッピングなんてずっとしてなかったから」

「だったら雑誌とか見て…」

「雑誌も見たけど、紗知もどんな服が着たいのかわからないって。似合う服とか買い方とか、いろいろ難しそうでさ、やっぱりセンスいい人に一緒に行ってもらいたいなって」

「じゃあショッピングモールにでも行って店員に相談すれば…」

「はいはいはーい」

言い訳を探す周を遮《さえぎ》って、横から小学生みたいに元気よくマキさんが手を上げた。

「僕も一緒に行きまーす」

「えっ」

　侑一がマキさんを振り返る。周は内心で「げっ」と呻《うめ》いた。

「僕、いろんなブランドさんとお仕事させてもらってるし、女の子のショップも詳しいよ？　ショッピング大好きだし、誰かの洋服を見立てるのも好きだし」

「え、あ、それは嬉しいですけど」

　侑一は当惑した顔で周を見る。その視線を、周は気づかないふりで無視した。

「じゃあマキさんが一緒に行ってくれれば」

「ちょっと周くん、それはおかしいでしょ？　周くんの先輩なんだから、周くんも行かないと。それに、紗知さん？　僕はその人に会ったことないし」

「俺だって一回カットしただけですよ」

「あ、でも、紗知は密崎のこと知ってたんだよ」

「は？」

「ほら、映像部で映画撮っただろ。紗知はそれ見てるから」

「あ、ああ…」

　急に高校時代の話をされて、周は毒気を抜かれて黙り込んだ。

「え、映画？　なになに？」

　マキさんはさらに身を乗り出す。

「高校の時に俺が映像部に入ってて、密崎を主役に映画を撮ったんです」

「えっ、なにそれ。見たい」

「見なくていいですから」

「これはもう絶対に行かなくちゃね。いつにする？」

マキさんは超乗り気だ。周はひたいを押さえてため息をこぼした。

「いや、でも……そうだ、女の子の服なら姉貴の方が」

「彩ちゃん、妊娠中でしょ」

「でした……」

せっかく見つけた逃げ場をマキさんは軽々と打ち砕く。侑一が口を挟んだ。

「密崎さん、赤ちゃんできたんだ。おめでとう」

「彩ちゃんのこと知ってるの？」

「もともとお姉さんの同級生だったんです」

「そうなんだ。あ、ねえ、よかったら彼女のメイクもさせてよ。新しい服を買ったら、それに合うメイクも必要だよね」

「いいんですか？　プロの人なんですよね」

「周くんの先輩の頼みだもん。まかせてよ」

「ありがとうございます！」

なんだか二人で盛り上がっている。日時まで相談し始めた。口を挟もうとしたが、諦めて周はがくりと肩を落とした。

（もう勝手にしろ）

間が悪い。マキさんがいる時じゃなければ、断って終わりだったのに。

「――すみません、そろそろ次のお客さんが来ると思うんで」

壁の時計を見て、周は立ち上がった。

「マキさん、まだ仕上げが残ってるから」

「あ、そうだね」

マキさんも腰を上げる。侑一も立ち上がりながら、言った。

「ごめんな、密崎。面倒なこと頼んじゃって」

「……いえ」

申し訳なさそうな顔をされるので、しかたなく笑みを作ってしまう。わかっていた。この人には抵抗できないんだ。強引なマキさんよりたちが悪い。

「じゃあ、また」

「あ、うん」

軽く会釈して、周はマキさんと一緒に鏡の前に戻った。ほぼ乾いていた髪をブローで仕上げて、最後の調整のために鋏を手に取る。

でも、侑一は動かなかった。座席が見える位置に立ったままでいる。

「先輩?」

周は振り返った。

困ったような笑みを浮かべて、侑一は言った。

「あのさ……密崎が仕事するとこ、見てちゃだめかな」

「え?」

「少しでいいから」

周が返す前に、マキさんが言った。

「いいじゃない。周くんの華麗なシザーさばき、見せてあげなよ」

よけいなことをと思ったけれど、マキさんの前で舌打ちするわけにもいかない。周は鏡に向き直った。

「……どうぞ」

不機嫌な声になったかもしれない。客の前なのに。鏡の中でマキさんがちらりと目を動かした。

周は無言で鋏を使った。髪は乾くとクセや膨らみが出てくるから、全体のバランスを見ながらこまかく鋏を入れて整える。やっているうちに、侑一の存在を忘れた。

「いかがでしょうか」

今日はちょっと華やかにしたいというリクエストだったので、インナーカラーを入れてカットも動きが出るようにした。マキさんの目は厳しく出来栄えをチェックする。試験を受けているようで、内心緊張した。

「――うん、いい感じ」

頷いてくれて、ほっとした。

「仕上げにオイル馴染《なじ》ませますね」

少量のヘアオイルを手で温め、艶とキープ力を足す。肩をブラシで払い、切った髪が肌についていないかを確認して、終了だ。

「……変わんないなあ」

侑一の声が聞こえてきて、はっとした。

「密崎が動いているところ、やっぱりいいよ」

振り向くと、侑一はふわりとほどけるように笑った。あの頃と同じ顔で。同じように。

「ずっと見ていたくなる」

「――」

周は短く息を吸った。

十年前に同じ言葉を言ったことを、この人は覚えているだろうか。

侑一は笑っている。けれど周は腹を立てたかった。それから泣きたくて、でもやっぱり嬉しくて——どうしたらいいのかわからなくなった。

■

初めて会った時、橘侑一は姉のクラスメイトだった。

姉とは同じ高校だったが、彼は目立つ生徒じゃなかったし、姉と仲がよかったわけでもない。単に同じ学校の先輩、それだけだ。

姉の彩はひとつ上で、高校に入った頃からモデルの仕事をしていた。人目を惹《ひ》く華やかな顔立ちで、お洒落が大好きだ。そして姉という人種がたいていそうであるように、弟を自分の手足のように使っていた。

「ふーん。浴衣《ゆかた》カフェ。六月なのに?」

「いいでしょ。もうけっこう暑いし、浴衣持ってる子わりといるから」

姉が三年生の時の文化祭だった。周の高校では文化祭は六月にあって、三年生も参加する。姉のクラスは浴衣カフェをやるらしい。それは別にいい。問題は、クラスの女子全員分の髪のセットをやれと命令されたことだ。

「えっ、全員分？　俺が？」

「そ。交代で全員ウエイトレスやるから」

「だからってなんで俺が」

「いいでしょ。あんたのクラス、当日はヒマなんでしょ？　打ち上げで奢《おご》ってあげるから」

「ええー……」


共働きの母親が忙しかったので、子供の頃から姉のヘアアレンジは周の仕事だった。かわいい髪型にしてとギャン泣きする姉に母が困っているのを助けようと——正直、姉がうるさくて、見よう見まねで三つ編みやおだんごを作るようになった。手先は器用な方だ。

少し大きくなると、複雑な髪型にも挑戦するようになった。姉の要求はどんどんエスカレートしたが、応えるのはけっこう楽しい。モデルの仕事を始めると姉は化粧をするようになり、メイクで顔や雰囲気が変わるのもおもしろかった。

でも、クラスの女子全員のヘアセットは大変だった。

事前にやっておくこともできないし、一人ひとり長さも髪質も違う。文化祭当日、周は自分のクラスそっちのけで姉の教室でヘアセットをすることになった。


「彩の弟くん、器用だねえ」

「でしょ。みんなどんどんリクエスト出していいよ」

「やめてくれよ……」

「それにすごいイケメン。彩に似てるよ」

「えー？　そうかなあ？」

教室はごった返していた。着替える場所は別なので、男子生徒もいる。その中に、ずっとハンドカメラを持ってビデオを撮っている男子がいた。

「橘くん、撮って撮ってー」

浴衣を着た女子がポーズを取ると、「いいよ」と気軽に応じている。カメラを構えたまま、周に近づいてきた。

周は椅子に座った女子の背後に立っていた。カメラは背中から舐めるように撮って、ゆっくりと手元に近づいてくる。

「これ、姉の成人式の時の髪飾りなんだけど、つけられるかな？　あたし短いけど」

「大丈夫です。じゃあ編み込みにしましょうか。横につけた方がかわいいかなあ」

「わ。ありがとう」

ブラッシングして、編んで、まとめて。無言のレンズは周の手元をじっと見つめる。向こう側に人がいると、レンズは大きな目玉みたいだ。だんだん気になってきて、周はくるっと振り返った。

「あの」

「あっ、ごめん。俺、映像部なんだけど」

カメラから顔を上げて、彼はゆるく笑った。

「密崎さんの弟さんなんだよね。文化祭の記録を残してるんだけど、撮ってもいいかな」

ごく普通の男子生徒だ。とりたててイケメンでもブサイクでもない。誰にも嫌われなさそうな、癖のない顔立ちをしていた。

「はあ」

（映像部……）

そういえばそんな部があった。一年生の時の部活紹介では学校のＰＲ動画を流していて、体育祭や文化祭の時はいろんなところでカメラを回していた。

「まあ、これは俺の個人的趣味なんだけど」

（趣味なのかよ）

でも嫌な気はしなかった。童顔で嫌味のない顔立ちと、やわらかな物腰のせいだろう。カメラを手に、彼は人の間にするりと入り込む。邪魔にされず、意識されず、その場の雰囲気を乱さないように。どこにいても馴染んでしまう、不思議な空気の持ち主だった。

ただ、目が。

文化祭の二日間、周はしょっちゅう姉のクラスにいた。彼はいろんなところを撮りにいっていたようなのに、気がつくとよく周を撮っていた。周の手や、表情を。

「俺のことは気にしないでよ」

（そう言われても）

ずっと撮られていると、どうしてもレンズを意識してしまう。その向こう側にある、目を。

橘侑一は静かな目の持ち主だった。暗いわけでも、おとなしいわけでもない。普通に喋るし、クラスメイトともうまくやっている。けれど静かで深い——波の立たない湖みたいな目が、周の心に引っかかった。

「どうしてそんなに撮るんですか」

そう言った時、自分はちょっとむっとしていたと思う。侑一はファインダーから目を上げて、少し考えた。

「……手、かなあ」

「手？」

「手が綺麗だなと思って。しなやかで、動きに無駄がなくて、指が長くて別の生き物みたいで」

液晶モニターに目を落とす。見つめたまま、ふわりと微笑《わら》った。

「すごく綺麗だ」

「…っ」

ちょっと、ぐらりと来た。顔が綺麗だと言われても、女の子に告白されても、こんなふうに胸に来たことはなかったのに。

——あの時には、と後になってから、周は思った。

あの時にはもう、足を踏み外しかけていたのかもしれない。自覚はなかったけれど。

ただ、美容師という仕事を考えるきっかけが、あの文化祭だったという自覚はあった。

一人ひとり、顔が違えば髪質も似合う髪型も違う。いろんな人の髪に触れて、その人に似合う髪型を考えるのは楽しかった。

一人、印象的だった人がいる。大迫《おおさこ》さんという女子生徒だ。大迫さんは背が高くて眼鏡をかけていた。目の下のクマが目立って、顔色が悪く見えた。

「あたしは別に浴衣なんて着たくないのに」

友達に促されて鏡の前に座ってからも、そう呟いていた。借り物らしい浴衣は丈が足りず、足首が寒そうだった。

周は彼女の前に回り込んだ。顔を正面から覗き込む。髪は真っ黒で飾り気のないストレートだ。

「な、何」

大迫さんはひるんだように身を引く。周は「ちょっとすみません」と手を伸ばして、彼女の眼鏡をはずした。

「何するの…っ」

「うーん……前髪切っていいですか？」

「えっ？」

「面長だから、前髪作って顔の面積を減らした方がいいと思うんですよね」

高校生なのでずけずけ言ってしまっていた。大迫さんは赤くなって唇を震わせている。すぐには言葉が出てこない様子だ。

「あ、俺、姉貴の前髪しょっちゅう切ってるんで慣れてますから。で、斜めに流して知的な感じにすると似合うんじゃないかな。切っていいですか？」

大迫さんはぐっと詰まる。赤くなった顔のまま、呟いた。

「……いいよ」

「じゃ、失礼して」

カット用の鋏は一応持って来ていた。サイドの髪をクリップで留めて、前髪をコームでとかす。バランスを見ながら、少しずつカットした。少し梳いて、斜めに流れるように形を整える。

「大迫さん、前髪切ってるんだ。うん、前髪ある方が似合うよ」

姉がやってきて、明るく言った。周は姉を振り返った。

「姉貴、この人にメイクしてよ」

「えっ」

驚いた声を出したのは大迫さんだ。

「いいよー。どうする？」

「まず眉毛ぼさぼさだから、整えて」

「うんうん。眉は大事だよね」

「で、目の下のクマをコンシーラーで消して……あと切れ長だから、アイラインで強調したらどうかな。ちょっと目尻を跳ね上げる感じで」

「いいね！　マスカラもつけちゃおっかな」

「あ、あたしメイクなんて」

「いいからいいから。かわいくしたげるから！」

姉は乗り気だ。二人がかりで大迫さんのヘアセットとメイクをする。落ち着いた雰囲気の女子なので、髪も大人っぽくアップでまとめた。浴衣によく似合う。

いつのまにか周りに人が集まっていた。ヘアメイクを終えると、クラスメイトの間にどよめきが広がった。

「大迫ちゃん、似合う！」

「すごい変わったねー」

「女って髪と化粧でこんな変わるの？　こえぇ」

「眼鏡……」

大迫さんは自分の眼鏡を探している。周が眼鏡を渡すと、彩が鏡を掲げた。

「コンタクトだったらよかったのになー。でも、眼鏡もそれはそれでいいよね」

「――」

この時の彼女の顔はよく覚えている。眼鏡の奥の目に星が瞬いていた。誰かの瞳に星が生まれる瞬間を、初めて見た。

ほら見ろ、という気分になった。自分の手で人が変わるのを見るのは――内側から輝き始めるのを見るのは、ちょっとぞくぞくするような体験だった。

そこからは、前髪を切ってほしいというリクエストが増えた。男子もやってきて、髪型やシャンプーの相談をされた。

文化祭が終わったあとは、姉のクラスの打ち上げに連れていかれた。お好み焼き屋の貸し切りだった。未成年なので酒はなかったが、みんなアルコールが入ったみたいに盛り上がっていた。

「楽しかったねー」

「密崎弟、うちのクラスの功労者《こうろうしゃ》だよな」

「この髪型、崩すのもったいないなあ。毎朝弟くんにやってもらいたいくらい」

「弟くん、もう美容師になっちゃいなよ！　そしたらあたし通うからさあ」

周は四方八方《しほうはっぽう》からグラスを合わせられ、いろんな味のお好み焼きを勧められた。お腹がすいていたのでついてきたが、大勢で騒ぐのはあまり好きじゃない。胃が満たされると、もう帰りたくなった。

「じゃ、俺は……」

立ち上がると、姉の声が飛んできた。

「ちょっと周！　帰っちゃだめだからね。あたしを送ってくれないと」

「そこまで遅くならないだろ」

「だめ！　女の子を夜に一人歩きさせたら、お父さんにチクるよ」

「彼氏作れよ……」

姉という存在は本当に理不尽だ。しかたなく、周は外の空気を吸いに出た。

文化祭の二日間はよく晴れて、夏を思わせる暑さだった。でも陽が落ちるとまだ涼しい。昼間の熱気と喧騒《けんそう》に疲れた体に、夜風が心地よかった。

お好み焼き屋は商店街の外れの細い路地にあった。人通りは少なく、少し離れたところに自動販売機が光っている。コーヒーが飲みたくなって、周はそちらに足を向けた。

コインを入れた時、どこからか声が聞こえた。

「……動かないでくれよ」

ちょっとびくりとした。近づくまでわからなかったが、道端に積まれたビールケースの脇に人がいた。こちらに背中を見せてしゃがみ込んでいる。

「そうそう、そのまま」

（映像部）

橘という先輩だった。さっきまで店にいて、例によってクラスメイトたちを撮っていたのに。

「綺麗な目だなあ。月みたいだ」

彼はやっぱりビデオカメラを構えていた。その先にいるのは――猫だ。黒猫なので夜に同化しているけれど、金色の瞳が月みたいに光っている。

「あっ」

彼が近づいたとたん、猫はくるんと身を翻《ひるがえ》した。すばやく走り去っていく。あっという間に暗闇にまぎれて見えなくなった。

「ふ」

思わず小さく笑ってしまった。

振り返った彼は、周に気づいて立ち上がった。照れくさそうに笑う。

「密崎さんの弟くん」

「……どうも」

自販機のボタンが光っている。ホットコーヒーの微糖を選んで押した。

「喉乾いたの？　中で何か飲めばいいのに」

「外の空気吸いたかったんで……姉を送らなくちゃいけないから帰れないし」

取り出し口にがこんとボトルが落ちてくる。かがんで取り出した。

「紳士的なんだなあ」

「違いますよ。姉に命令されたんです。ああ見えて暴君なんで」

「ははっ」

今度は彼の方が吹き出した。童顔で、笑うといっそう親しみやすくなる。

「……猫、逃げちゃいましたね」

周にはめずらしく、自分から世間話を振った。

「いつでも何か撮ってるんですね」

「なんかもう癖になっちゃっててさ。気になった光景を撮るのが」

「写真じゃなくて？　いつもビデオカメラを持ってるんですか」

「これは部の備品。スマホで撮ることもあるけど……当たってるよ」

「え？」

「それ」

彼は自販機を指差した。ピラピラと軽快なコンピュータ音が鳴ってライトが走っていたが、別に気にしていなかった。でも、そういえば音が大きい。液晶画面に『大当たり！もう一本プレゼント』の文字が躍っていた。

「もう一本飲めるみたいだね」

「でも二本もいらないな……先輩、どうぞ」

「いいの？」

「どれでもいいみたいですよ」

「じゃあ、遠慮なく」

彼は温かいミルクティーを選んだ。甘そうだ。

ボトルを取り出すと、彼はビールケースに腰をかけた。カメラを脇に置いて、指を温めるように両手でボトルを持って飲み始める。

周は立ったままコーヒーを飲んだ。彼は黙り込んでいる。見ると、またカメラを手にして液晶モニターでさっき撮った猫の動画を再生していた。

「……」

微糖のコーヒーはほんのり甘い。大通りの賑わいは遠く、狭い夜空にぽっかり月が浮いている。薄くかかった雲にかすんで光の暈ができていた。お好み焼き屋のガラス戸から、あたたかそうな光が漏れている。

不思議な気分だった。よく知らない人と一緒にいると、やたらに話しかけられたり過剰に意識されることが多いけど、彼は自然体でそこにいる。沈黙が気まずくなくて、むしろ心地よかった。

「……密崎さんの弟くん」

モニターに目を落としたまま、彼が口をひらいた。

「それ長いですよ。呼び捨てでいいです」

「あー…じゃあ、密崎」

彼は顔を上げて周を見た。

「部活入ってる？」

「いえ」

「運動神経よさそうなのに」

「そうでもないです」

「じゃあ、映像部に入らないか？」

「映像部…」

ちょっと考えて、周は小さく苦笑した。

「すみません。映像撮るのって、あんまり興味ないかも」

「そっか。あ、いや、撮るのに興味がなくてもいいんだけど……」

目を逸らして、手持《ても》ち無沙汰《ぶさた》のように前髪をいじる。それから言った。

「映画に出ないか？」

周は面食らって瞬きした。

「映画？」

「映像部で作る自主映画」

「映像部って、映画も作るんですか？」

「もともと映画を作る部だったんだよ。最近は行事の記録とか、動画を撮ってネットに上げるのが多いんだけど。でもせっかく機材があるんだから、やっぱり映画を撮ろうってことになってさ。高校生の映画コンクールに出そうかって」

「これから？　文化祭が終わったら受験じゃないんですか」

「そうなんだけど」

彼はゆるく笑った。ちょっと困ったような顔になる。

「短いのだからさ、撮影はそんなにかからないよ。夏休み中に撮って、勉強の息抜きにちょこちょこ編集しようかなって」

「それに、俺が？」

「君、イケメンだし、背も高いし、絵になるよ。さっき部長に君の画像送ったら、ぜひスカウトしてこいって」

「うーん……」

返答に困って、周は横を向いてコーヒーを飲んだ。

自分が顔がいいと言われていることは知っている。得することもあるけれど、面倒なことも多かった。姉が外交的で活発な分、周は冷めたところのある性格だ。変に目立ちたくない。

「俺、演技とかできませんから」

「心配しなくても、セリフはそんなにないよ。登場人物も少ないし、ストーリーってほどのストーリーはないから。アイドルのPVみたいなもん」

「アイドルのPV？」

「って部長が言ってた」

いたずらっぽく笑う。つられてふっと頬がゆるんだ。やっぱり、不思議と気の抜ける空気を持っている人だ。

「でも、やっぱり俺…」

「あっ、そうだ。密崎、犬は平気？」

思い出したように彼が声を上げた。

「犬？」

「部長んちで飼ってる犬も出るから、アレルギーとかないといいんだけど。えーと」

ビデオカメラを脇に置き、ポケットからスマートフォンを取り出す。操作して周に渡してきた。

「この子」

やっぱり動画だ。画面には犬の顔のアップが映っていた。

ハッハッと舌を出して、真っ黒な瞳でこちらを見つめている。鼻が大きく、耳が垂れていた。カメラはだんだん引いていき、全身が映る。大きな犬だ。行儀よくお座りして、ふさふさしたしっぽを振っている。

「ネネちゃんていうんだ。ゴールデン・レトリバーの女の子」

カメラが引くと、広い芝生《しばふ》の上なのがわかった。公園かどこかだろう。「行くぞー」とのんびりした声も聞こえる。彼の声だ。

「それ！」というかけ声と一緒に、手前からぽーんとオレンジ色のボールが投げられた。同時に犬がボールを追ってダッシュする。

走る。走る。明るい茶色の毛並みが陽光に輝いている。いったん地面でバウンドしたボールを、犬は綺麗にジャンプしてキャッチした。「よーし」と声が上がる。

「ネネ、おいで！」

犬は踵《きびす》を返してまっすぐにこちらに駆けてきた。ぐんぐん近づいてくる。バッと前足を上げて飛びかかってきた。

「うわっ」

黒い鼻とピンクの舌がアップになる。画面がぐらりと回転した。

「わわっ！　――いってえ」

飛びかかられてひっくり返ったらしい。がちゃがちゃと揺れていた画面が止まると、青空が半分、嬉しそうに舌を出している犬の顔が半分映っていた。「うひゃあ」と変な声もする。舐められているらしい。

「ふっ」

周はまた吹き出してしまった。

「かわいい」

「だろ？　ネネちゃんかわいいんだ。人なつこくてさ。部長はネネちゃんのＰＶ作るってはりきってて」

「アイドルのＰＶってそっちですか」

画面にはもう青空しか映っていない。「こら、スマホは舐めるな！」と声が聞こえる。

「ふっ、くく…」

なんだか笑いが止まらなかった。スマートフォンを手にくすくす笑っていると、視線を感じた。

侑一がまたビデオカメラを構えていた。大きなレンズが周を見つめている。

「笑ってるの初めて見たな」

「やめてくださいよ」

急に恥ずかしくなって、周はスマートフォンで顔を隠した。

「今度は照れてる」

「やめてくださいって」

「クールだと思ってたけど、けっこういろんな顔するんだなあ」

顔を隠しても、レンズはぴたりと狙いを定めてくる。動作のひとつひとつ、表情のすみずみまで――心の中まで覗かれているような気になってきた。

「もう……やめてくださいって」

周は飲み終わっていたコーヒーのボトルをゴミ箱に捨てると、カメラに手を伸ばした。レンズを手で覆おうとすると、ひょいとよけられる。

「そういうのもいいよ」

「嫌だって言ってるじゃないですか」

本気で怒っているわけじゃなかった。でも気まりが悪くて、録画を止めさせようとする。侑一がかわすので、じゃれあいみたいになった。

「先輩、怒りますよ」

「イケメンは怒っても絵になるなあ」

「ちょっと…」

「うわっ」

周の手をよけた拍子に、侑一がビールケースにぶつかった。積み重ねられたビールケースがガタガタと揺れる。侑一が置いていたミルクティーのボトルが転げ落ちた。

「ああもう。先輩が悪ふざけするから」

「ごめん」

中身はそんなに残っていないようだったが、夜のアスファルトをころころと転がっていってしまう。周は走って追いかけた。

ボトルを拾って戻ると、侑一はカメラの液晶画面を見ていた。いま撮ったものを再生しているらしい。

「やっぱり、いいなあ。密崎、映画出てくれよ」

「犬が主役なんだから、別に俺じゃなくてもいいでしょ」

「でも、密崎がいいよ」

ボトルをゴミ箱に捨てる。侑一は液晶画面を見つめている。大事そうに両手でカメラを持って、画面を手で包み込むようにして。

「なんだろ、なんか……」

じわりと滲むような笑顔を浮かべて、言った。

「ずっと見ていたくなるよ」

別に褒められていい気になったわけじゃない。目立ちたくないのは本当だった。ただ——ちょっと興味が湧いただけだ。映画にというよりも、橘侑一が撮る映像に。

文化祭のあと、校内で侑一と会うと声をかけられるようになった。侑一は映像部の部員と一緒にいることも多く、自然に顔見知りになった。

「いいねえ。美男美女で絵になるよ！　うちのネネちゃん、世界一かわいいから」

映像部の部長は黒縁眼鏡をかけたオタクっぽい人で、実際かなりの映画オタクだったが、話はおもしろかった。部員はみんなそんな感じで、男ばかりだったのも気楽だった。

「よかったよ。密崎が興味持ってくれて。断られると思ってたから」

能弁《のうべん》な部長に押し切られて、とりあえず夏休みに映像部と海に行くことになった。一応ロケハンらしい。騒がしい夏の海なんて、本当は苦手だけど。

「別に映画に興味があるわけじゃないですけど……先輩が姉貴にばらすから。出ろってうるさいんですよ」

「はは。密崎さんってブラコンだよな」

「違いますよ。目立つことが好きなんです。弟は自分の言うこと聞いて当然だと思ってるし」

「違うよ」

不機嫌丸出しの周に、侑一はおだやかに笑う。

「自分が目立ちたいなら、自分が出たいって言うでしょ。密崎さんは弟くんが自慢なんだよ」

「……」

「みんなに見せたいんだ」

静かな目をして、侑一は人をよく見ている。映像部では副部長で、個性の強い部員たちをうまくまとめているみたいだった。

昼間の海辺は海水浴客でいっぱいなので、海へは夕方に行った。家と学校は横浜にあって、砂浜のある海まで電車で三十分ほどだ。部長とネネは母親に車で送ってきてもらっていた。

「こんにちは。よろしくな」

ネネは海にはしゃいでいる。しゃがんで挨拶すると、嬉しそうにしっぽを振った。本当に人なつこい犬だ。じゃれかかってきて顔を舐めるのを笑ってよけていると、また侑一にカメラを回されていた。

「ロケハンって風景を撮るんじゃないんですか」

「とりあえずいろいろ撮っておきたいだけだからさ。気にしないで、適当にネネと遊んでてよ」

まだはっきりとしたストーリーは決まっていないらしい。部長が監督で、侑一はカメラマンだ。周は部長にネネと波打ち際を歩けだの、裸足《はだし》になって海に入れだの、あれこれ命令された。

侑一は部長に指示された映像を撮ったり、部員たちが遊んでいる様子を撮ったりしている。カメラは文化祭の時のハンドカメラよりは大きくて、でもプロが使うような肩に担ぐものではない。片手でも持てるデジタルビデオカメラだ。

「これで映画撮るんですか?」

「プロが使うようなのは部費じゃ買えないから。でもこれで充分撮れるよ」

カメラにはマイクがついていて三脚も使っているけれど、大仰な機材はない。侑一はいつも何かしら撮っているので、だんだん慣れてきてしまった。

「日が暮れてきたな。いいねえ、いい空!」

「こっちからロングで撮るのがいいかな。岬の向こうに陽が落ちていく感じで」

「いいねえ! じゃあ密崎くん、ネネとこのへんから向こうにゆっくり歩いて」

「はいはい」

「時々止まって海を見たり、ネネと遊んだりしてくれ」

「はいはい」

陽が暮れてきても、浜辺には人が多かった。夕陽を眺めていたり、まだ営業している海の家で寛《くつろ》いでいたり、犬の散歩をしていたり。空は冷めた群青《ぐんじょう》で、江の島の方角が暗いオレンジに染まっている。たなびく雲に濃い陰影ができていた。

ネネは砂浜を掘ったり、ほかの犬に挨拶したりと忙しい。夕暮れの時間は短くて、世界がオレンジ色に染まったかと思うと、あっという間に群青に呑まれていった。

「部長ー、コンビニに花火がありましたよ」

買い物に行っていた部員たちが、飲み物やアイスと一緒に花火のセットを買って戻ってきた。

「お、いいねえ。花火は大勢の方がいいかな。みんなでやるか」

「花火か。どう撮ったらいいかな」

「いろいろ設定変えて撮ってみてくれよ」

陽がすっかり落ちてしまうと、さすがに人が減ってくる。さっきまではあまり耳に入らなかった波の音が、急に大きく響いてきた。

「ロケット花火やろうぜ、ロケット花火」

「夏の風情といえば線香花火でしょう」

「それは最後だろ。橘、撮って撮って！　8の字！」

花火にはしゃぐ部員たちを侑一が撮っている。手持ち花火を振ったり回したりすると、夜の中に鮮やかな光の軌跡ができた。色とりどりの火花が目の中で散り、瞳の奥に長く残像を引く。

「ネネ、怖くないか?」

「ウォン」

「そっち煙が行くよ。こっちにおいで」

ずっと人といるのに少し疲れて、周はネネと一緒に離れたところから花火を眺めた。

すぐそこは車通りの多い国道で、街灯りが広がっていて夜でも明るい。けれど反対側に目をやると、黒々とした海が広がっている。ザザ…と波音が響いた。絶え間なく寄せては引いていく波の向こうに、寒気のするような暗さがある。

「あのう」

背後から声がかかった。

「地元の方ですか?」

「ワンちゃん、かわいいですね」

振り返ると、女の子が四人立っていた。周たちと同じ高校生くらいだ。

「私たち、鎌倉に遊びに来たんです」

「最後に海岸で花火しようってことになって」

「よかったら一緒にやりませんか?」

女の子たちも花火セットを持っている。互いに目配せしあって、はにかんで笑っていた。

「えーと…」

（逆ナンか）

面倒だなと思う。周は部長に目をやった。

「すみません、俺たち部活で来ていて…」

気づいた部長がやってくる。断ろうとする周の肩を、両手でがしっとつかんだ。

「いいね！　一緒にやろう！」

「えっ。いいんですか？」

「いいよいいよ、そういうシーンも使うかもしれないし！」

「え、でも」

部長は女の子たちに映画を撮っていることを説明して、顔が出てもいいかと交渉を始めた。女の子たちは最初はとまどっていたが、ぺらぺらと多弁《たべん》な部長に押されてＯＫな雰囲気になっている。

「えー、どっかに出すんですか？」

「コンテストに出すよ！　入選したら連絡するから、連絡先教えてよ」

「ええー、もっとオシャレしてくればよかったあ」

「大丈夫、暗いから顔はあんまり映らないから」

「ひどーい」

女の子たちはまんざらでもなさそうに笑っている。ほかの部員たちも女子が加わって嬉しそうだった。人見知りしないネネはしっぽをぶんぶん振っている。

周はため息をこぼした。面倒くさい。

「ほら、密崎も花火持って！　主役なんだから」

「主役はネネでしょ…」

「いいからいいから」

侑一だけは花火も持たず女の子たちとも喋らず、ずっとカメラを回している。部員たちが女の子と盛り上がっている隙に、周はさりげなく輪から離れて侑一のそばに行った。

「先輩は花火やらないんですか」

「俺はいいよ。カメラ係だから」

「もう充分撮ったじゃないですか。俺、荷物見てますから、行ってきたらどうですか」

ファインダーを覗いたまま、侑一は微笑む。

「いいんだ、ほんとに。こっちの方が楽しいから」

「そうですか…」

周は侑一の隣に立った。少し遠くから見た方が、花火は綺麗だなと思う。

しばらくそのまま、黙って花火を眺めていた。もう大物は終わって、線香花火やネズミ花火をやっている。ネネがネズミ花火に向かってせわしなく吠えていた。

と、侑一が「あー、バッテリー切れそう」と顔を上げた。

「もう予備もないから、今日はおしまいだな」

　録画を止めて、カメラを三脚から外す。砂浜にあぐらをかいて、映像のチェックを始めた。

「けっこう撮ったなあ」

「いい映像撮れました?」

　周もその隣に腰を下ろした。

「うん、ばっちり。密崎のおかげ」

「見せてくださいよ」

　いいよ、とモニターを操作して見せてくれる。一緒に覗き込んだ。

「これが試し撮りで、こっちがネネと遊んでるので……」

「うわ、アップはやめてくださいよ」

「なんで。望遠《ぼうえん》で撮ると自然な表情が撮れていいよなあ」

　自分の顔なんて鏡で見慣れているはずなのに、レンズを通すと、知らない他人を見ているみたいだった。侑一の目にこんなふうに自分が映っているのかと思うと、なんだか落ち着かない。気恥ずかしいような、くすぐったいような、腹の底が熱くなるような。

「これ、思ったよりも恥ずかしいな。なんか俺、カッコつけてませんか」

「大丈夫。密崎はかっこいいから」

「褒められてる気がしないんですけど」

「褒めてるよ。そんな早送りしないでちゃんと見てくれよ。——あ、ここ、俺の好きなシーン」

「どれですか」

「ここ。今日のハイライト」

侑一が映像を少し戻す。女の子たちが加わって人数が増え、みんなで花火に興じているところだ。さっき撮った映像だろう。

二人で顔を寄せて、小さなモニターを眺めた。画面の中で、周は輪からはずれて花火を見ている。光に照らされた横顔がアップになる。遠くを見ているような顔をしている。瞳の中に火花が瞬いている。

こんなところを撮られていたなんて、気づかなかった。花火を撮っていると思っていたのに。

「……密崎ってさ」

すぐそこで、囁くような声で侑一が言った。

「イケメンで、自分でそれをわかってて、人あしらいうまくて、世渡りもうまそうでさ」

「もしかして俺、ディスられてます？」

「なのに、なんでかな。だからなのかな」

言葉を探すように、小さな沈黙が落ちた。息遣いがすぐそこにある。

「人の中にいる方が、一人に見えるよ」

「――」

一瞬呼吸を止めてから、周は隣の男の横顔を見た。

侑一は静かな目で画面を見つめている。唇がかすかに微笑んでいた。

「なんか……ギュッてなる」

「…っ」

その時に、どういう感情が生まれたんだったか。

自分ではよくわからなかった。ただ顔をうまく作れなくなって、呼吸もうまくできなくて、手で口元を押さえた。

「ごめん。変なこと言ったな」

軽く笑う口調で、侑一が言った。こちらを振り返る。ちょっと黙った。

「――なんて顔してんの」

(俺、どういう顔してるんだ?)

わからなかった。自分がわからなくて、混乱する。顔に血が上って熱くなった。こんなの初めてだ。

イケメンとか顔が綺麗とか、言われ慣れていたのに。顔が好きと言われても、心なんて少しも動かなかったのに。

「……今は、撮らないでください」

腕で顔を隠して言った。自信なさげな声になった。

「撮らないよ」

おだやかに返して、侑一は立ち上がった。服についた砂をはらう。カメラをケースにしまう音がした。

歩き出した時、頭の上にぽんと手が置かれた。

「密崎ってかわいいな」

「っ…」

(なんだ、この人)

なんなんだ。自分はいったいどうしたんだ。

立てた両膝に顔を埋める。しばらく顔を上げられなかった。

「部長ー、バッテリー切れた」

侑一は輪の中に入っていく。返す声。笑い声。耳の底に波音が響く。

「よし。じゃあ最後はみんなで記念写真撮るか」

部長が言って、沸く声がした。周はまだ顔を上げられなかった。

「俺、シャッター押すよ」

「橘は今日ずっと撮る側だったろ。最後くらい写れよ。三脚にスマホ立ててタイマーにしよう。おーい、密崎くん、何してるんだ?」

「——密崎」

ザ、と砂を踏んで近づいてくる足音がする。周はようやく顔を上げた。

「来いよ。一緒に写真撮ろう」

笑みを浮かべて、侑一が片手を差し出してきた。

侑一の背後にまばらな星空が広がっている。風が出てきていた。海からの夜風はひんやりと湿っていて、目に沁みた。

一度ぎゅっと目を閉じてから、周はその手に自分の手を伸ばした。

■

周を撮った映像はたくさんあるのに。完成した映画も、使われなかったカットも、なんでもない日常を切り取った動画もたくさん残っているのに。

侑一が写っているのは、あの一枚の写真だけだ。

「密崎」

明るく開放感のあるエントランスを入ると、インフォメーションボードの前で侑一が手を振った。

周は軽く頭を下げた。侑一の隣に立っている紗知がぺこりとお辞儀する。

（変わってなさすぎだろ）

昨日見つけた写真の中の侑一を思い出す。同じように人あたりのいい笑顔を浮かべている。

別に大事に持っていたわけじゃない。映像部の部長がプリントアウトしてくれて、完成した映画をダビングしたＤＶＤと一緒に棚の奥にしまっていただけだ。映画も写真も、侑一が卒業してから一度も見ていなかった。きっとデータだったら簡単になくしていただろう。

「すみません、待たせてしまって」

「いや、早く着いたから。今日はありがとうな」

平日の午後だが、侑一はジーンズにカジュアルなコートという服装だった。そんな格好だと、ますます学生の頃と変わらないように思える。

「こんにちは、紗知さん」

周は紗知に笑いかけた。紗知は緊張した様子で「こんにちは」と返す。

今日は周の店の定休日で、紗知のショッピングにつきあうために来ていた。外出許可が出たといってもあまり歩き回るわけにはいかないので、いろんなショップが入っている大きな商業施設に来ている。二人は侑一が運転する車でここまで来たらしい。

「体調は大丈夫ですか?」

「はい」

今日の紗知はシンプルなセーターとスカートにブルーのダッフルコートを着ていた。よく似合っているけれど、年齢よりは幼く見える。顔色は悪くなかった。髪を切ったのもあってか、最初に会った時よりも元気そうに見える。

「疲れたらすぐ言ってくださいね」

「はい。ありがとうございます」

「えーと、マキさんはまだかな」

周はあたりを見回した。まだ新しくて人気のスポットだが、平日の昼間なのでそこまで混んではいない。十二月半ばで、クリスマスのディスプレイがされていた。エントランスホールには大きなクリスマスツリーが立っている。

「俺、ここ初めて来たよ。綺麗なとこだな。密崎もこういうところで服買うの?」

ツリーを見上げて、侑一が言った。

「ここは家から来やすいんで、たまに」

「密崎、オシャレだもんな。ファッション雑誌とかも見るんだろ？」
「雑誌は店に置く用に買ってるから。商売柄、あんまり適当な恰好してるとまずいんで
……あ、マキさんだ」
ガラス扉の向こうで、マキさんがタクシーから降りるのが見えた。小走りにこちらに
やってくる。長身にビシッとフォーマル寄りのスーツとコートを着て、ネクタイは華やか
なペイズリー柄だ。派手だ。
「ごめんね。遅くなって。仕事が押しちゃって」
満面の笑みで、マキさんはエントランスに入ってきた。周囲の視線を感じる。マキさん
はテレビにも出ている人だ。この人がいると目立ちすぎる。
「やあ、橘くん」
「こんにちは。今日はありがとうございます」
「そちらが紗知さん？　はじめまして。三枝マキです。メイクアップアーティストしてま
す」
「は、はじめまして」
お辞儀をする紗知は緊張した顔をしている。無理もないと思う。
「今日はよろしくね。お肌、綺麗だねえ。メイクしがいがありそう」
マキさんはスーツに似合わない大きなバッグを抱えていた。メイク用具一式が入ってい

るんだろう。

「マキさん、この時期忙しいでしょ」

「まあね。今日も夜はパーティ入ってってさ」

「無理して来なくていいのに」

「こんなかわいい子とショッピングなんて楽しいイベント、逃すわけないでしょ。それに橘くんがいいもの持ってきてくれるって言うから」

「いいもの？」

「あ、持ってきましたよ」

侑一がバッグから取り出したものを見て、周はぎょっとした。透明なＤＶＤケース。中に入っているのは白いラベルのＤＶＤだ。マジックで『鍵をなくした夏』と書かれている。

高校二年の夏に、映像部が制作した自主映画だ。

「うわっ、なんでそんなもの持ってくるんですか」

「だってマキさんが見たいって言うから」

「やめてくださいよ」

周はＤＶＤに手を伸ばした。その一瞬前に、マキさんがひょいと取り上げる。

「こんなの見たいに決まってるじゃん。高校生の周くん、楽しみだなあ」

マキさんはにやにやしている。完全におもしろがっている。いつの間にそんなに仲良くなったんだと腹立たしくなった。

「ちょっと、本気でやめてくださいって」

手を伸ばして奪おうとするが、マキさんは周より長身なので、ひょいひょいとオーバーアクションでよけられてしまう。まるでコントだ。

「くっそ。それ俺の黒歴史なんだよ」

「なんでだよ。ひどいな」

侑一が笑い出した。

「一応コンテストで入選したんだぜ。賞ももらったし」

「俺、あのあと学校中でさんざんいろいろ言われたんですよ。ネットには流さないって約束したのに、なんかやけに広まってるし」

「入選作は上映されたから、密崎、よその学校でもイケメンって騒がれてたよな。でもネットには流してないよ。だからこのＤＶＤは貴重品」

「お宝だよね。ふふ。楽しみー」

「あーもう！」

周はがしがしと髪をかき回した。

と、小さく吹き出す声がした。

「やだ。密崎さんも三枝さんも、おかしい」

紗知だ。今までおどおどしていたのに、緊張がとけた様子で楽しそうに笑っている。DVDのおかげで、思いがけずくだけた雰囲気になった。

「じゃあこれは家でゆっくり見ようっと。橘くん、車で来てるんだよね？　荷物置かせてくれない？」

「いいですよ。じゃあ俺、駐車場まで行ってきます」

「これ重いから、僕も行くよ。コートも脱ぎたいし」

マキさんと侑一は連れ立って地下駐車場に行ってしまった。そこで待っててと言われ、周は紗知と二人で取り残された。

「なんか俺、恥をかきに来たような気がする」

ぼそりと周が呟くと、紗知はふふっと笑った。

「どうしてですか。映画、とってもよかったです。犬のネネちゃんもかわいいし」

「ネネはかわいいです。でもあれ、内容ないでしょ」

「ゆうちゃ…侑一さんも、そう言ってました。内容ないのがいいんだって」

紗知は楽しそうに笑っている。最初に病院で会った時は下ばかり向いている印象だったが、今日は明るい女の子に見えた。ショッピングに来ている、普通の女の子。

「おまたせ。じゃあ、行こうか」

身軽になったマキさんと侑一が戻ってきた。男三人に女の子一人で、ぞろぞろと女性向けのファッションフロアに進む。たぶんとても浮いている。

「ちょっと大人っぽい外出着が欲しいんだよね。どういう感じとか、イメージある？」

「あの、ファッションのことってよくわからなくて」

「そっか。まあまずはいろいろ見て、着てみようよ。試着するのが一番だから」

女性向けのショップでもマキさんは臆することなく入っていき、ディスプレイを眺め、ハンガーにかかっている服を片っ端からチェックする。次から次へと紗知にあててみた。

「こういうの、似合うよねえ。でもイメチェンするならこっちかな」

ふんわりしたニットにシフォンのスカート。とろみのあるブラウスとラインの綺麗なパンツ。タイトなトップスに、ヴィヴィッドな花柄のスカート。

「いいじゃない。大人っぽく見えるよ」

「とってもお似合いですよー、お客様」

「どう、さっちゃん？」

「あ、あの」

「ああでも、お出かけって言ったらやっぱりワンピースかなあ。この時期ワンピたくさん出てるよね」

凝ったレースが裾に向かってふわりと広がったクリーム色のワンピースは、紗知にとてもよく似合った。華奢《きゃしゃ》な体と色白の肌が引き立っている。

「橘くん、どう？」

「えっと……どれも似合ってると思います」

侑一は目をしばしばさせている。慣れない場所で慣れないものをたくさん見て、ついていけていないんだろう。

「どれが一番似合うと思う？」

「え、いやあの、正直よくわかんなくて」

「だめでしょ。彼女の服選んでるんだから、ちゃんと見てあげないと」

「まあマキさん、ちょっと待って」

周はうしろから口を出した。マキさんのセンスはさすがで、どれも紗知によく似合ってイメチェンできているけれど、肝心《かんじん》の紗知が自信のない様子だ。所在《しょざい》なさそうに鏡の前に立っている。

「紗知さん、今まで着た服の中で、これが着たいっていうのありました？」

できるだけ優しく訊いてみた。紗知は申し訳なさそうにうつむいてしまう。

「すみません……よくわからなくて」

「謝らなくていいですよ」

「さっちゃん、ごめんね。押しつけみたいになっちゃったかな。テンション上がっちゃって」

「マキさんはモデルを相手にすることが多いから、いろいろ着替えるのに慣れてるんですよね。じゃあ、スタイルやイメージはわからなくても、着たい色とかありますか？　好きな色でも」

紗知はやっと顔を上げた。少し考える。

「――黒」

「えっ？」

マキさんと侑一が同時に声を上げた。

「黒が着たいです」

紗知ははっきりと言う。

「黒、ですか」

「あの、病室で黒って着ちゃいけない気がして……母が買ってきてくれる服も、黒いのは一枚もないし」

うつむきがちになりながらも、紗知は一生懸命に言う。

「でも、病院の外で着たいんです。だから、黒い服が着たいです」

「なるほど」

これまでマキさんが選んだ服は、ペールトーンや赤、花柄など、女性らしい色柄が多かった。実際、紗知にはそういう色がよく似合う。

「そうか。黒はエレガンスも知性も、強さもキュートさも表現できるものね。リトル・ブラックドレスは女性のお洒落の基本だし」

マキさんが頷く。侑一が「リトル・ブラックドレス？」と訊いてきた。

「黒一色で装飾の少ないワンピースやドレスのことです」

「え、でもそれって……喪服《もふく》みたいにならないか」

小声で言う侑一は心配そうだ。周は「まあ、大丈夫でしょう」と受け流した。

「オッケー。じゃあおすすめのブランドがあるんだ」

そう言ってマキさんが紗知を連れていったのは、とてもシンプルな構成のショップだった。色も落ち着いたものばかりで、ごくベーシックなアイテムがゆったりと並んでいる。

「リトル・ブラックドレスはシンプルな分、カッティングや素材がよくないと安っぽくなっちゃうからね。ここのは絶対におすすめ。そうだな……さっちゃん、これ着てみて」

マキさんは一枚のワンピースを選び出した。ぱっと見たところシンプルな、すとんとしたノースリーブのワンピースだ。侑一が心配していたとおり、葬式にも使えそうに見える。

「こちらは定番の商品ですが、少しずつ形や素材を変えてアップデートしています。ぜひご試着なさってみてください」

落ち着いた雰囲気の女性スタッフが紗知に微笑みかける。紗知は店の雰囲気に気後れしている様子だったが、ワンピースを受け取って試着室に入った。

しばらくして、おずおずとドアが開いた。

「どう…かな」

女性スタッフが試着用の黒いパンプスを揃える。タイツの足をぎこちなく入れて、紗知はフロアに立った。

「おー…」

侑一が小さく呟いた。

ハンガーにかかった状態だと、シンプルすぎるくらいに見えた。けれど着るとぜんぜん違う。つかず離れずのカッティングが体を綺麗に見せていて、肩から優雅にドレープが落ちていた。喪服には見えない。

「いいじゃない」

マキさんが満足げに頷いた。周はにこりと微笑んだ。

「似合いますよ、紗知さん」

実際、よく似合っている。彼女には少し大人っぽすぎるかと思ったけれど、大人っぽさと同時にかわいらしさもあって、新しい魅力を引き立てていた。

「おかしくないかな」

紗知は心配そうに侑一に目を向けた。侑一は「ぜんぜん！」と返す。

「びっくりした。すごく似合う。すごく綺麗だよ」

紗知は赤くなってうつむいてしまった。

周はひそかに唇を歪《ゆが》めた。こんなふうにストレートに言えるところが、彼らしい。変わっていない。

「私、これが欲しいな。これ買います」

紗知の顔も、これまでの自信のなさそうな表情とは変わっていた。顔色が生き生きして、瞳が輝いている。

包装されたワンピースを受け取ると、紗知は「靴も見たいな」と言い出した。

「このワンピースに合う靴が欲しいです」

「いいね。服がシンプルな分、靴が活きてくるし。知ってる？　いい靴は持ち主を素敵な場所に連れていってくれるっていうんだよ」

「ヒールが高いのは履けないけど……」

「大丈夫。今はローヒールでも素敵なのいっぱいあるから」

マキさんと紗知は連れ立って靴のショップに向かう。いつのまにか女の子同士のショッピングみたいに盛り上がっていた。周と侑一は遅れてついていった。

「……なんか、二人ともすごいな」

ため息をついて、侑一が呟いた。周が振り返ると困ったように笑う。

「俺だけだったら、こんなふうにできなかったよ。適当にいつもと同じような服を買って、お茶を濁《にご》しそうだ」

「まあ、美容業界ですから。そういえば、先輩はなんの仕事してるんですか？」

そんな話もまだしていなかった。侑一はあっさり答える。

「俺？　薬剤師」

「ああ、そういえば薬科大学に進んだんでしたっけ」

「うん」

「やっぱり映像系には行かなかったんですね」

「映像は趣味だから。あ、でも、部長は映像系の専門学校を出て、今は制作会社に勤めてるよ。たまに会うと寝てないとか風呂入ってないとか言ってるけど、最近ＡＤからディレクターに昇進したんだって」

「へえ」

黒縁眼鏡の、あの部長が。

こんなふうに昔の知り合いの話をしていると、ただの再会した先輩後輩みたいだと思った。普通の。なんでもない。

靴のショップに入ると、ずらりと商品が並んだ棚を前に二人はあれこれ相談し始めた。スタッフに紗知のサイズを出してもらい、試着を始める。周と侑一は少し離れた柱の前で並んで待った。

服に靴、アクセサリー。女性用のフロアは美しいものやかわいいものであふれている。ディスプレイがクリスマスシーズンを華やかに盛り上げ、軽快なクリスマスソングが流れている。

「なんかキラキラしたものばかりで身の置きどころがないな」

そんな中に男二人で立っていると、さすがに浮いた。周は肩をすくめた。

「こういうところでは、男は荷物持ちか引き立て役ですからね」

「でも、こんなに華やかなんだなあ。紗知も楽しそうだし。こういうところ、もっと連れてくれればよかった」

「……」

また来ればいいじゃないですかとは言えなかった。紗知の病状がわからない。またつきあいますよとも言えなかった。そんなつもりはない。

「……紗知って、遠縁でさ」

手持ち無沙汰なのか、それとも急に話したくなったのか。周の方は見ずに、侑一はぽつぽつと話し始めた。

「母親同士が親戚なんだ。俺と紗知は血が繋がってないんだけど」

「そうなんですか」

「で、子供の頃は家も近くて、俺はよく紗知の家に預けられてて……あ、うち、シングルマザーだからさ」

「え、そうだったんですか」

聞いたことがなかった。高校の頃、侑一は自分のことも紗知のことも、何も話さなかった。周は何も知らなかった。きっと映像部の部員たちも知らなかっただろう。

つまり、その程度の相手だったということだ。侑一にとって。

「母親は薬剤師で、フルタイムで働いてた」

「それで先輩も薬剤師に？」

「うんまあ、俺も理系だったし、手に職ってやっぱりいいなと思って。で、母親が働いてる間預けられてたんだけど、紗知は四つ下で体が弱かったから、家の中での遊びにつきあったり、絵本を読んであげたり……まあ妹みたいな」

「…へえ」

「紗知は入院したり寝てばっかりで退屈だったこともあるんだけど、お母さんが感謝してくれてさ。妹みたいなものだからしかたないかって」

「……」

「紗知は俺が守らなくちゃ、って」

聞きたくない。いや、聞きたい。周の中で心があっちこっちにぐらぐらする。

(だから嫌なんだ)

侑一といると、こんなふうにぐらぐらする。不安定で、かっこ悪くて、いたたまれなくなる。

「でも紗知が小学校に入った時——体調が悪くて、二か月くらい遅れて入学したんだ。一年生の最初って特別だろ。学校に少しずつ慣れてきて、友達もできて。そんな中に遅れてぽつんと入ってさ」

「それは……大変ですね」

「うん。紗知、うまく話せなくて、友達できなくて。で、俺にくっついて回ってた。もちろん紗知のことは心配なんだけど、こっちは小学五年生の男子だろ。からかわれたり囃し立てられたりして、恥ずかしいし、気まり悪いし」

そういう年頃だろう。無理もない。本当の妹ならともかく、苗字《みょうじ》が違って血も繋がっていないんだし。

「それでちょっと邪険《じゃけん》にしちゃって……ほんと、ガキだよな」

ひたいに拳をあてて、侑一は軽く笑った。いつもの困ったような——いや、泣きそうな顔になっている。

「でも正真正銘のガキだったからさ、ある日、追いかけてくる紗知を振りきって逃げちゃって」

「……」

「紗知が発作を起こして、倒れて」

前髪をいじっていた指が震えて、ぎゅっと髪を握った。

「……びっくりした」

周は侑一の横顔をそっと盗み見た。前髪を握る手に隠れて、表情がよく見えない。でも唇が細かく震えているのがわかった。

「俺、パニックになっちゃってさ。携帯電話なんてまだ持ってなかったから、紗知をおぶって帰ろうとしたんだ。でも転んで頭打って、ひたいから血が流れて、前がよく見えなくて……俺、何してるんだって思った。紗知を守らなくちゃいけないのに、何してるんだって」

「……」

「結局、通りかかった人が救急車を呼んでくれて、大ごとにはならなかったんだけど。あとから聞いたら、俺は泣きながら大人に訴えてたんだって。俺はいいから紗知を助けてって。かっこ悪いよなあ」

「大変でしたね」

他人事の声で、周は相槌を打った。

そのくらいしか言えない。言うことがない。だって赤の他人だから。二人の間に、積み重ねた時間に、何を言う資格もない。

「俺はひたいを何針か縫ったくらいなんだけど、紗知はほんとに大変だったんだよな。小さい頃は喘息《ぜんそく》がひどかったから、一歩間違えたらほんとに危なくて……俺はガキで、そんなこともわかってなかった。ようやくわかって――心の底から、腹の底から、怖くなった」

重いものをそうっと吐き出すように、侑一は吐息をこぼした。

「紗知に何かあるくらいなら、自分が死んだ方がましだって思った」

クリスマスソングが流れている。視界に入る光景はきらきらした宝石箱みたいだ。すぐそこのショップの中で、紗知が「ゆうちゃん！」と手を振った。

パンプスを履いて、鏡の前に立っている。ローヒールのシンプルなパンプスだけど、カッティングが美しく、ピンクがかったベージュが紗知によく似合っていた。さっき買ったワンピースと合わせれば、きっと映えるだろう。

「似合うよ」

侑一は照れた顔で言って、親指を立てた。

その横顔を見ていて、ふと気づいた。周は思わず手を伸ばした。

「――この傷」

「え？」

ひたいの右寄りの、ちょうど生え際あたりだ。薄く線のような傷が残っている。その傷のせいか、彼の前髪はいつもそこで分かれている。時々、寝ぐせみたいにぴょこんと浮いていることもあった。

「これ、その時の傷ですか？」

指先で、そっと撫でた。触れると、わずかに盛り上がっているのを感じた。

ここに傷があるのは知っていた。まじまじと顔を見つめるのが照れくさくて、言わなかったけど。

「…ああ」

不意を衝かれた顔をしてから、侑一はゆるく笑った。

「血は大げさに出たけど、深い傷じゃないよ。ちょっと切っただけだから」

「たまに前髪跳ねてましたよ」

「なんだよ。陰で笑ってたのかよ。恥ずかしいな」

「笑ってませんよ」

笑っていない。見つめていただけだ。触れたくて――手を伸ばしたかっただけだ。

傷を作った時のことなんて、知りもしないで。

「……」

軽く曲げた指の背で、そっと傷を撫でる。目が合った。

「――すみません」

顔を逸らして、周はすっと手を引いた。

「ちょっと、君たち」

声にびくりとした。マキさんが腕を組んで立っている。

「なに手持ち無沙汰な顔してんの。彼女や奥さんのショッピングにつきあわされてる男みたいな哀愁《あいしゅう》出てるよ」

「なんですかそれ」

「紗知、いいの買えた？」

歩いてくる紗知に、侑一が訊く。紗知はショップの紙袋を手に、「うん」と嬉しそうに頷いた。

「じゃあそれ履いて、またどこか行こう。いい靴は持ち主をいい場所に連れてってくれるんだろう？」

侑一が優しく笑う。二人をにこにこと眺めてから、マキさんが言った。

「ねえ、どこかで休憩してメイクしようよ。せっかく買い物したんだもの。できれば着替えてもらって、服に合わせたメイクがしたいな」

「あ、それなんですけど。マキさん、まだ時間ありますか？」

周は腕時計で時間を確かめた。まだ午後の早い時間だが、十二月なので日没《にちぼつ》は早い。もう少ししたら陽が傾き始めるだろう。

「大丈夫だけど」

侑一と紗知にも訊くと、大丈夫だと言う。周は「じゃあ、うちの店に行きませんか」と提案した。

「密崎の美容室？」

「はい。そこで着替えてメイクして、ヘアセットもしましょう。で、ちょっと行きたいところがあるんですが」

「行きたいところ？」

紗知が首を傾げる。周はにこりと紗知に笑いかけた。

「クリスマスですから」


侑一の車は使い勝手のよさそうなミニバンだった。新しくはないが、きちんと手入れされていて車内も綺麗だ。きっとこれで紗知を送り迎えしたり、どこかへ連れ出しているんだろう。

周の店、オルタンシアまではそれほど遠くない。店に着くと、鍵を開けて明かりをつけた。店の奥で、紗知に買ったばかりのワンピースとパンプスに着替えてもらう。マキさんはジャケットを脱いでシャツの袖をまくり上げた。

「僕がメイクして周くんがヘアセットするなんて、さっちゃん、ものすごく贅沢《ぜいたく》だよ」

「は、はい。ありがとうございます」

「だから責任持って、自分はかわいいんだって思ってね」

鏡の前に座った紗知は緊張した面持《おもも》ちだ。侑一にはソファで待ってもらった。

「せっかくのリトル・ブラックドレスだもの。少し大人っぽくしようか」

マキさんのメイクボックスはまるで画家のパレットだ。鮮やかな色から淡い色まで、多彩な色が揃えられている。絵筆のようなブラシを使い分け、人の顔をキャンバスにして、マキさんはくるくるとメイクを仕上げていく。

髪の方は、服とメイクに合わせてやわらかさを残したアップにした。前にボブに切ったけれど、アップっぽくアレンジすることはできる。アイロンでカールしてふんわりまとめ、少しラフに毛束を散らした。巻いた髪で額縁のように顔を縁取る。

「わ…」

ドレスアップして出てきた紗知を見て、侑一は少しの間言葉を失くしていた。ためらいなく褒める男なのに。

「すごいな。すごい変わった。似合うよ、紗知」

「我ながらグッド・ジョブ」

マキさんが自信たっぷりに頷く。

周にとっても、いい出来だった。黒いワンピースを着てパンプスを履き、メイクして髪を整えた紗知は、最初に病院で会った時とは別人みたいだ。大人っぽさもかわいらしさもあって、内側から輝いている。

「さ。じゃあ行こうか。って、どこへ行くの、周くん?」

「すぐそこですよ。みんなコート着てください。…あ、ちょっと待って」

周はいったん店を出て、エレベーターでマンションの上階にある自宅へ上がった。すぐに店に戻る。

「外は寒いですから」

言って、ダッフルコートを着た紗知の首元に薄いグレーのマフラーを巻いた。

「せっかくのワンピースが隠れちゃいますが、風邪をひくといけないですからね」

「…っ」

ふんわりとマフラーを巻くと、顎まで埋もれた紗知の顔がぽっと上気した。

「……密崎って、天性の王子様だよな」

感心した顔で侑一が言う。そこに嫌味っぽさはない。マキさんがうんうんと頷いた。

「女性の扱い上手いよねえ」

「姉に鍛えられたんで」

明かりを消して、戸締まりをする。歩いて店を出た。

周が暮らす街は都心にほど近く、そこそこ生活感がありながらも新しい店やスポットも出来ていて、仕事も生活もしやすい街だ。駅前は再開発されていて、石畳の広場を中心に商業施設や公共施設が集まっている。

「わあ。何これ。お祭り？　イベント？」

駅前が近づいてきて、マキさんが声を上げた。

もう陽は沈みかけていて、あたりは透明感のある薄闇だ。その中で、イルミネーションと街灯りがきらめいていた。

「クリスマスマーケットです」

駅前広場は円形で、中央に大きな欅の木とベンチ、周囲に街路樹が配されている。今はその木々もイルミネーションで飾られ、光の花のように輝いていた。

そして広場には、たくさんの出店や屋台が出ていた。カラフルな色のひさしやディスプレイが並び、海外のマーケットみたいな雰囲気だ。実際、いろんな国の食べ物や品物が並んでいる。

「この前来た時はなかったよ？」

「クリスマス前の二週間だけなんですよ」

並べられているのは、ツリーやリース、オーナメントなど、クリスマス関連の品々だ。ツリーやリースはクリスマスの雰囲気を盛り上げ、オーナメントの店はおもちゃ箱みたいに楽しい。シュトーレンやパネトーネ、ジンジャークッキーなどのクリスマス菓子も売られていて、飲み物のスタンドもあった。あたたかそうな湯気が上がっている。街の住人や仕事帰りの人、遊びにきた人たちで賑わっている。

「外国のクリスマスみたいだな」

あたりを見回しながら、侑一がスマートフォンを取り出した。

「この街、外国人の住人も多いんで、自然にこういうマーケットが始まったんです。今は遠くからも人がたくさん来ますよ」

「へえ」

「マキさんがメイクしてどこか行きたいって言ってたから。この時期、大がかりなイルミネーションもあるけど、人出も多いし紗知さんが疲れるかなと思って。ここならうちの店も近いし、あたたかい飲み物もあるし」

「……密崎って優しいなあ」

まじまじと周の顔を見て、侑一が言った。

「え。いや。だって入院してて、せっかく外出許可が出るっていうし」

「ありがとうな」

滲むような笑顔で言われて、周は声を詰まらせた。顔を背ける。

「別に先輩のためじゃないですから」

「はは」

ぽんと肩に手をおいて、侑一は離れていった。紗知のところに向かう。

「すごい。楽しい。かわいい。おいしそう！」

紗知は子供みたいにはしゃいでいた。

「ゆうちゃん、撮って」

頬を上気させて、侑一に言う。

「ぜんぶ撮って。お店も近くで撮ってね。かわいいから」

「うん。電池持つかな。ハンドカメラ持ってくればよかったなあ」

侑一はスマートフォンを目の高さに掲げ、ゆっくりと歩きながらマーケットの様子を撮り始めた。動画モードで撮っているらしい。

(そうか)

その時になって、初めてわかった。思い知った。

侑一が映像を撮るのは、紗知のためだったのだ。病気がちで、あまり外に出られない紗知のために。

紗知にいろんな景色を見せたくて、癖になって体に沁みつくくらいに。

「……はは」

笑いがこぼれた。誰にも聞かれなかった笑い声は、白い息に溶けて消えた。

「紗知、ココアがあるよ。飲みながら回ろう」

「うん。あ、リースかわいい。おみやげに買おうかなあ」

「僕はホットワインにしようっと。あれ、スパイス入ってるってあったまるんだよね」

あちこちの店を覗きながら、三人は楽しそうに歩いていく。周は少し遅れてついていった。

「橘くんって、お仕事は何してるの？　今日はお休み？」

「俺は薬剤師です」

「へえ、薬剤師さん。調剤薬局とか？」

「そういう仕事もあるけど、俺は病院勤務です。休日出勤もあるから、今日は代休」

「そうなんだ。休日出勤があるってことは大きな病院なの？」

「そうですね。えーと……紗知が入院してるところです」

「へえ」

「就職活動した時にたまたま募集があったからなんですけど」

「ふうん」

何か言いかけてから、マキさんは黙った。からかうようなことじゃないと思ったんだろう。

うしろを歩く周は、なるほど、と思った。病院に出張カットに行った時、侑一は紗知の周囲の人によく知られていた。しょっちゅう見舞いに来ている感じだった。

全部。

侑一の行動も、生活も、すべて紗知のためにあったのだ。

(……バカみたいだ)

何も知らなかった自分が。

「紗知、リース買ったんだ」

「うん。うちにおみやげ」

「いいね。じゃあ俺はこの小さいツリーを買おうかな。これなら病室の棚に置けるだろ」

――全部。

歩いているうちに陽はすっかり落ち、夜が深まるごとにイルミネーションの光が冴えていった。マーケットはまだこれからだ。人出もこれからさらに増えるだろう。でも、そろそろシンデレラは時間切れだ。

「紗知、もう病院に戻らないと」

「えー」

紗知は子供みたいに拗《す》ねた顔をする。けれどわがままは言わずにうつむいた。

「近くまで車を回すから、ここで待っててて。密崎、一緒にいてくれるか?」

「はい」

「マキさんにも、途中まで乗せていくからって言っておいて」

頷いてマキさんを目で探すと、ホットワインで気分がよくなったのか屋台の店員と盛り上がっていた。誰とでもすぐに仲良くなる人だ。

侑一が広場を出ていくと、紗知は両手にほうっと息を吹きかけた。

「寒いですか？　手袋も持ってくればよかったな」

「大丈夫です。ココアであったまったから」

にこっと笑う。

「それに楽しくて、なんかふわふわしてます。私、地に足がついてないんじゃないかな」

「それならよかった」

「密崎さん、本当にありがとうございます。こんなにしてもらって、どうお礼したらいいか……」

紗知は頬を上気させていて、寒いせいか瞳が潤んでいる。周は軽く微笑んだ。

「気にしないでください。俺も楽しかったから」

「密崎さん、ゆうちゃんの高校の後輩なんですよね。私、ラッキーだったな。ゆうちゃんの幼なじみで」

「……別に先輩のためだけじゃないですよ」

広場の中央に立つ時計が五時を指した。マーケットを白い光で彩っていたイルミネーションが、いっせいにふわっとブルーに変わる。時間で変化するようになっているらしい。

「俺、女の子を綺麗にするの好きなんです」

周はいたずらっぽく紗知に笑いかけた。紗知はぱちぱちと瞬きする。

「ヘアスタイルもメイクも服も、ほんのちょっと手をかけるだけで見違えるでしょう？　それはその人がもともと持っているものを引き立てているんだけど、魔法使いみたいに思ってもらえるじゃないですか」

「ほんと、魔法使いみたいです」

潤んだ瞳にイルミネーションが映って、紗知の瞳もきらめいている。

「でしょう？　魔法使いの気分になれて、喜んでもらえて、お金も稼げる。一石三鳥です」

指を三本立てて言うと、紗知は「あはは」と声を上げて笑った。

「密崎さん、優しい」

嘘じゃなかった。最初に断りたかったのは本当だし、いくらマキさんが強引だったとしても、断ることはできたはずだ。

それをしなかったのは――紗知に興味があったからだ。彼女と、侑一の関係に。

そして、紗知が普通にかわいい、いい子だったからだ。長く入院している彼女が、少しでも明るい気分になってくれたら。

「ほんとにありがとうございます、私……」

紗知の瞳がいっそう潤んで泣き出すんじゃないかと思った時、少し離れたところから

「密崎さん！」と声がかかった。

街のベーカリーショップの出店だ。馴染みの店主がガラスケースの向こうで手を振っている。

「こんばんは」

周はガラスケースの前に立った。中にはシュトーレンが並んでいる。ドイツのクリスマス菓子の定番だ。ドライフルーツやナッツが入ったずっしりした菓子パンで、

「シュトーレン、おいしそう」

紗知が隣に来た。

「ここのパンはおいしいから、シュトーレンもおいしいと思いますよ」

「よく行くお店なんですか？」

「パンはいつもここで買います。マンションの近くなので」

「密崎さん、彼女にひとつどう？」

店主が笑って言った。周も笑って返す。

「彼女じゃないですよ。シュトーレンは買ったことなかったな。ひとつ買ってみようかな

…」

「あの、私、買います！」

紗知がガラスケースを指差して言った。

「小さい方をふたつください」

「はい。ありがとうございます」

ふんわりと粉糖で覆われたパンは綺麗にラッピングされ、赤と金の細いリボンが結ばれていた。ふたつ受け取ると、紗知はひとつを周に差し出した。

「あの、今日のお礼です」

「そんな。気にしなくていいのに」

「でも、ほんとによくしてもらったから。これじゃ足りないくらいです」

一生懸命な様子で、両手でシュトーレンを差し出している。少し考えて、周は笑って受け取った。

「じゃあ、遠慮なく。ありがとうございます」

そろそろ侑一が車を運転して戻ってくるだろう。マキさんを探さなくちゃいけない。ベーカリーの店主に挨拶して、周はその場を離れようとした。

「密崎さん」

声をかけられて、振り向いた。

「あの……えっと」

紗知は恥ずかしそうに目を伏せている。頬は赤く染まり、瞳が潤んできらきらしている。意を決したように顔を上げて、彼女は言った。

「か、髪が伸びたら、お店に行ってもいいですか」

「……もちろん」

答える前に、少し躊躇《ちゅうちょ》した。こういう女の子の表情はよく知っている、と思う。

でも、すぐに考えることを放棄した。どうだっていい。もうどうでもいい。表面を綺麗にとりつくろって裏で面倒になるのは、周の悪い癖だ。

「お待ちしています」

仕事用の笑顔で、言った。

お客さんとしてならかまわない。いくらだって笑える。優しくできる。

だけどもう、侑一と一緒に会うのはやめようと思った。

■

海でロケハンをしたあと、周はなしくずしに映像部の自主映画に出ることになった。

シナリオは部長が書いた。シナリオといっても、セリフはほとんどない。絵コンテという方が正しいんだろう。

ストーリーは、海のある町に引っ越してきた主人公が、砂浜でなくした鍵を探す、というシンプルなものだ。親の離婚で母親の実家に引っ越してきて、犬に癒されたり海で会う人と交流を持つうちに、なんとなく成長するという話らしい。鍵は何かの暗喩《あんゆ》らしいが、最後に見つかったりはしない。

「なんの鍵なんですか？」

「それは決めてない」

「え、でも」

「そういう細かいことはいいから！」

周以外にちゃんと役として出るのは母親役くらいで、それは部長の母親がやってくれた。気さくな人で、顔が部長にそっくりで、あまり緊張せずにすんだ。そもそも演技らしいことは何もしなかった。

撮影は夏休みに飛び飛びで行われた。周はカフェでアルバイトしていたが、それ以外は暇だったので、呼ばれれば出向いていった。

今日はゲストがいるよと言われたのは、夏休みも半ばを過ぎた頃だ。

「こんにちはあ」

周が材木座海岸に行くと、女の子が三人いた。ロケハンの日に一緒に花火をやった子たちだ。部長が連絡を取って呼んだらしい。

「昼間のシーンも撮ろうかと思って」

「よろしくお願いしまーす」

「とりあえず、適当に会話したりネネと遊んだりしててよ。音声は撮らないから」

女の子が入ると、急ににぎやかになる。ネネははしゃいでいた。部長も他の部員もはしゃいでいた。

「えー、演技って何したらいいんですか?」

「俺はよくわからないです。監督に訊いてください」

「ネネちゃん、すっごくかわいいですよね」

「俺の犬じゃないんで……」

女の子たちはやたらに周に話しかけてくる。カメラが回っている間はつきあっていたが、だんだん面倒くさくなってきた。陽が陰って撮影が中断すると、周は侑一のところに逃げ込んだ。

材木座海岸には海と街を繋ぐ小さなトンネルがある。海で撮影する時は、いつもここに荷物や機材を置いていた。侑一はそのトンネルの中で砂の上にあぐらをかいて座っていた。

「もう帰りたいです」

「はは。主役なんだから、もうちょっとつきあってくれよ」

周は侑一の隣に膝を立てて座った。侑一はカメラをノートパソコンに繋いで、今日撮った映像をチェックしている。彼はいつもファインダーや映像ばかり見ている。

「密崎はもてるよなあ。いま彼女いないんだろ。作らないの？」

「別に……面倒だし」

ディスプレイの中では、周が女の子と話していた。面倒くさそうで、憂鬱《ゆううつ》そうな顔だ。鬱屈《うっくつ》のある役柄なので、それでかまわないらしい。

「贅沢だなあ」

「……顔で好きになられても、嫌じゃないですか」

呟くと、侑一が横目でこちらを見た。

「俺のこと何がわかるんだろうって思うし、勝手に理想を持たれて後で失望されるのも嫌だし」

彼女がいたことなら、何度かあった。いつも相手からアプローチされてつきあっていた。正直、特別に好きだったわけじゃないけれど、嫌いでもなかったし。

世の中の人は恋ばかりしたがっている。何かとても綺麗なものが、そこにあるのかと思った。周には見えないのに。つきあってみれば、わかるだろうか。

でも、見つからなかった。相手は自分の外側ばかり見ていて、ささいなことで喜ばれる反面、理想と違うことをするとがっかりされる。何を話せばいいのかわからなくなって、相手のことを知りたいとも思えなくて、だんだん面倒になって別れてしまう。その繰り返しだ。自分は恋愛に向いていないいんじゃないかと思う。

「うーん……」

侑一はディスプレイに視線を戻して前髪をいじっていた。近くで見ると、生え際に薄い傷痕があることに、その時気がついた。そこで前髪が分かれてしまうのを、無意識に指で直すのが癖らしい。

「……レンズってさ、時々、その人の全部が映るなあって思うことがあるんだ」

しばらくたってから、ゆるい口調で話し始めた。

「顔かたちだけじゃなくて、仕草とか、喋り方とか、指先とか後ろ姿とか……視線の動かし方とか、目の奥にあるものとか」

「……」

「そういうの全部がその人で、好きになるって、そういう言葉にできないものをひっくるめて好きになるってことなんじゃないのかな」

ちらりと周を見て、照れたように笑った。

「よくわからないけど」

視線。指先。声や後ろ姿。黙り込み方。

そういうものに惹かれるのは、わかる気がした。どうしてだか、目が行く。心に残って、離れなくなる。

この人の目に、自分はどんなふうに映っているんだろうと思った。この人の中に、自分は残るだろうか。

侑一はもうディスプレイに集中している。画面の中ではネネがはしゃいで駆け回っていて、金色の毛並みが陽光に輝いていた。

「……先輩は」

「ん?」

侑一は顔を上げない。なんでもないです、と周は顔を逸らした。

初めて、思った。

この人がもっと俺を見てくれたらいいのに。

撮影は順調に進み、終盤に入った。夏休みの終わり頃、撮り直さなくちゃいけないシーンがあって、侑一と二人だけで海に行った。部長は自宅で編集作業をするという。今日はネネは出番なしだ。

「あー、だめだ、雲出てきちゃった」

お盆も終わり、海水浴客は減ってきていた。海の家はまだあるけれど、夕方なので浜辺に人は多くない。ファインダーを覗いていた侑一が顔を上げて手を振った。

「ちょっと止めよう」

「なんか降りそうな感じですね」

少し前までは明るかったのに、空の向こうから暗い雲が押し寄せてきていた。潮風とは違う重たい風も吹いてくる。侑一は眉をひそめて空を仰いだ。

「通り雨が来そうだな。少し待つか」

荷物を置いてあるトンネルに撤収する。トンネルから眺めていると、海の変化に敏感なサーファーたちが続々と引き上げてくるのが見えた。

「日没までに太陽出るかなあ。もし出なかったら、密崎にもう一日来てもらわなくちゃいけないかも」

「別にいいですけど」

侑一はスマートフォンで気象情報を見ている。夏の終わりの海はどこか物寂しく、祭りのあとのような気配が漂っていた。

「あ、降ってきた」

ぽつ、と砂浜に黒い点が落ちた。ぽつぽつと点が増え、砂浜が色を変えていく。見る見るうちに本降りになった。

黒い雲が空を覆い、あたりが急に暗くなる。ざあぁっと音を立てて雨が斜めに降りつけてきた。散歩をしていた人が慌てて駆けていった。

「けっこう強いですね」

「こんなに雨が降ってる時の海って初めてかも」

侑一はカメラを手に取った。映画に使うシーンでもそうじゃなくても、侑一はしょっちゅう映像を撮っている。

「すごいな」

トンネルから見える景色は、砂浜と海、そして空ばかりだ。夏の間賑わっていた砂浜に、今は誰もいない。海は黒くうねり、空は暗く重く、間の空間は降りしきる雨に塗りつぶされている。

雨の中に閉じ込められているみたいだ、と思った。

侑一と二人で。

「海に降る雨って……なんか怖いな」

ひとりごとのように、侑一が呟いた。

侑一はファインダーを見つめている。周はその横顔を見ていた。今の彼はファインダーの中の景色しか見ていない。

たとえばクラスメイトなら、一か月やそこら机を並べて過ごしたって、相手のことなんてたいしてわからない。でも、侑一に撮られ続けたこの一か月は、もっと濃密で、特別な時間だった気がした。

レンズを通して見つめられることで、何かが繋がったような。自分の中の何かに、そっと手を伸ばされて触れられたような。

（人に見られるのなんて、好きじゃなかったのにな）

モデルの姉はそれが仕事だけど、自分は外側だけを見られるのは嫌だったはずなのに。

「——あ、やんできた」

侑一がファインダーから顔を上げた。

思いのほか早く、雨が弱まってきた。本当に通り雨だ。世界を塗り込めていた雨の線がだんだんまばらになり、うるさかった音が静まり、空が明るくなってくる。

ビデオカメラをケースに置くと、侑一はトンネルを出た。

「晴れるかなあ」

「濡れますよ」

まだ雨は完全にはやんでいない。あちこちでぽたぽたと雫の落ちる音がして、海はまだざわめいている。

浜にはひと気がなかった。侑一は濡れるのもかまわず、ざくざくと湿った浜を歩いていく。

「空気が気持ちいいなあ。雨で洗ったみたいだ」

伸びをしてそう言うと、天を仰いで目を閉じた。

さあっと風が渡っていく。侑一の髪が揺れる。雲が流れて、細い陽射しが降り注いできた。

周はビデオカメラに手を伸ばした。いつも撮っているのを見ていたし、簡単な操作は教えてもらったことがある。ほとんど反射で、侑一にレンズを向けた。

彼は気持ちよさそうに目を閉じている。Tシャツが風をはらんで膨らむ。髪が風に流れる。

ズームにすると、ひたいにある薄い傷が見えた。髪のひとすじまで、睫毛が風に震えているのまで、見つめることができる。

（あー…）

撮りたいって気持ちがわかる、と思った。

手の中にすっぽり入ってくれたみたいだ。

（ずっと）

ずっと見ていたい、なんて——

「あ、こら」

カメラを向けられていることに気づいて、侑一が振り返った。

「俺なんか撮るなよ」

「いつも撮られてるから、お返しです」

「バッテリーがもったいないだろ」

笑って近づいてくる。Tシャツのロゴがアップになったかと思うと、レンズを手でシャットアウトされた。

「あーあ」

「それより、ほら見て」

侑一が海の方を指差した。

「ちょっとすごいよな」

トンネルから見える景色は、少し前までとは一変していた。

雲はまだ低く空を覆っているけれど、あちらこちらで一部だけ切れ、そこから陽の光が差していた。海までまっすぐに届く光は、まるでスポットライトみたいだ。あるいは宗教画みたいな。

「天使の梯子だ」

「天使の梯子?」

「ああいうの、そう言うんだよ。天使が降りてきそうだろ。ヤコブの梯子とも言うな。ジェイコブス・ラダーって映画もある」

周の手からカメラを取り上げると、侑一はトンネルを出た。砂浜に立って、周を振り返る。

「密崎、あのへんに立ってくれよ。で、光をバックにしてゆっくり振り返って」

「なんですか、そのかっこつけたシチュエーション。恥ずかしいですよ」

「いいから。ほら早く。光が変わっちゃうだろ」

「そんなシーンないでしょ」

「俺が撮りたいんだよ」

「……」

そろそろ自覚していた。自分はこの人に弱い。逆らえない。

靴を脱いでズボンをまくれと言われ、そのとおりにした。波打ち際に立つ。

「ここでいいですか」

「うん。そのまましばらく立ってて」

水は少し冷たい。波が寄せてくると、細かな泡がくるぶしにまとわりついた。波が引いていくと、足元からどこかに連れ去られそうな気がする。

視線を感じる。見つめられている。世界に二人きりのような気がする。

「密崎、こっち向いて」

振り返って、カメラを見た。違う。カメラの向こうの瞳を見つめた。

今、わかった。

天使が降りてきて耳元に囁いてくれたんじゃないかなんて、そんなバカでロマンティックなことを考えてしまうくらい、心に直に来た。

この人が好きだ。

「――」

伝わった、気がした。レンズを通して。レンズに映らないところで。

この時、たしかにそんな気がしたのに――

「……先輩？」

風に乱れる髪を押さえて、呼びかけた。

「カメラ下がってますよ」

「あ」

侑一はいつのまにか自分の目で周を見ていた。下を向いてしまっていたカメラを、慌てて構え直す。

「俺に見惚れてました？」

「なんだよ。イケメンむかつくな」

半分怒って、半分照れた顔をしている。周はそっと唇を噛んだ。

自分の顔に興味はなかった。でも、初めて思った。

この顔でよかった。この人に見つめてもらえるなら。

卒業式の日は晴天で、雲ひとつない青空が広がっていた。晴れやかで、ぽっかりと気が抜けたような。

周は早足で歩いていた。校舎の外から中に戻りながら、スマートフォンを取り出す。式はもう終わったけれど、あちこちで生徒がたむろって写真を撮ったりしていた。校内はお祝いムードと寂しさに包まれている。

『今どこですか?』

侑一にメッセージを送ると、『視聴覚室』と返ってきた。いつもよけいなことは書かない人だ。視聴覚室は映像部の部室だ。映像部の人たちと一緒だろうか。

『今から行きます』

視聴覚室のある棟に入り、階段を上がる。まだ校内にいてくれてよかったと思った。

「先輩?」

この階にはあまり人はいないらしく、廊下は静かだ。扉を開けて、ちょっと驚いた。暗い。暗幕が閉められている。

教室の前面にはスクリーンがあって、その横のコンソールデスクにだけ小さなライトがついていた。パソコンの前に侑一が立っている。

「密崎」

軽く手を上げて、笑った。

「一人なんですか？　映像部の人は？」

小さな明かりを頼りに、コンソールデスクまで歩いていった。

「それが部長がインフルエンザでさ、卒業式も出られなくて」

「えっ」

「気の毒だから、部長が治ったらあらためて集まろうってことで、今日は解散」

「そうなんですか…」

少しほっとした。どうやって二人きりになればいいのか考えていたから。

「えーと、先輩はクラスの集まりとかは？」

「夕方からあるよ」

「そうですか」

沈黙が落ちた。

パソコンの横に卒業証書が置かれている。侑一の胸には赤い花のコサージュがつけられている。彼は今日、卒業する。

（何を言えばいいんだ？）

二人きりになることばかり考えていて、そのあとの段取りを何も決めていなかったことに、今さら気がついた。

「ええと…卒業おめでとうございます」

とりあえず言うと、侑一はパソコンから顔を上げた。

「うん。ありがとう」

モニターに照らされた顔がやわらかく笑う。心臓がキュッとなった。

もう三年生はあまり学校に来なくなっていたから、ちゃんと話すのはひさしぶりだった。

大学に合格したと聞いた時も、メッセージでやり取りしただけだ。

夏休みの間は、あんなにしょっちゅう一緒にいたのに。わざわざ話をしなくても、レンズ越しに繋がっていたのに。

「ちょうどよかった。俺も密崎に会いたいと思ってたんだよ」

モニターに目を戻して、侑一が言った。

「でもさっき、三年の女子に声かけられてただろ。邪魔しちゃいけないなって」

見られていたのか。気づかなかった。

「卒業式だもんな。密崎はほんともてるよなあ」

「別に……」

「だけどわかるよ」

下を向いて何かの作業をしながら、軽く笑って流す口調で、侑一は言った。

「俺が女だったら、たぶん好きになっちゃってたな」

「っ……」

なんなんだ。天然なのか。それともわかってやってるのか。

「……先輩は、何をしてるんですか？」

小さく唾を呑んでから、訊いた。

「あ、そうそう。これ、密崎に見てもらいたいなって思って」

マウスを操作する。スクリーンがパッと白くなった。教室が少し明るくなる。

「よかった。ついた。なんか調子悪くて、なかなか映らなくてさ」

「なんですか？」

「映画のメイキング作ったんだ。受験終わって時間あったからさ。撮影の合間に撮ったやつとか使わなかったシーンとか、いっぱいあったから」

「へえ」

「一緒に見よう」

コンソールデスクから離れると、侑一は一番前の座席に移った。周もその隣に座る。

最初に映ったのは、部員が持ったスケッチブックだった。マジックで『鍵をなくした夏』とタイトルが書かれている。

その次に、部長の顔がアップで映った。変顔をしている。周は思わず吹き出した。侑一も笑う。

「バカたくさんやったよなあ」

白いスクリーンの上を、次から次へと脈絡なく、いくつものシーンが流れていく。

ネネがはしゃいでいるところ。真面目なシーンで周が笑ってしまって、NGになったところ。砂浜での花火。部長のお母さんのピースサイン。部長の家でみんなでお好み焼きを焼いたこともあった。

「楽しかったなあ」

呟く侑一の顔を、そっと盗み見た。

そんなふうに言わないでほしい、と思った。もう会えないみたいに。

「これ、賞とったんですよね。部長は映像系の学校に行くんでしょう？　先輩はもうやらないんですか」

「んー、いや、映像は何やってたって撮れるからさ。俺、理系だから、とりあえずそっちの勉強しとこうかと思って」

「そうですか…」

長いメイキングだった。本編よりも長い。ほかの部員もたくさん映っているけれど、主演が周だからか、周が映っている映像が一番多かった。使わなかったシーンだけじゃなく、普段の顔もたくさん撮られてる。

「先輩、俺ばっか撮ってません？」

照れ隠しに、そんなことを言った。

「イケメンだから、つい撮っちゃうんだよ」

「はは。先輩、俺のことめちゃくちゃ好きじゃないですか」

「言ってろ」

鼻に皺をよせて、侑一が笑う。鼓動がだんだん速くなる。

「――あ、天使の梯子」

夏の終わりの、雨上がりの砂浜が映った。

「うん。これ、少ししか使えなかったんだよなあ。密崎がカメラ目線だからさ」

波の立つ海。ひと気のない砂浜。雲の切れ間から海面まで、まっすぐに光が降り注いでいる。

本当に天使が降りてきそうだ。映画みたいに綺麗なシーンだった。

(いや、映画か)

波打ち際に周が立っている。裸足の足を波が洗い、シャツがはためいている。カメラがゆっくりとズームになる。横顔に近づいていく。振り返る。

スクリーンの中の自分と目が合った。周がレンズをまっすぐに見つめているからだ。

(俺、こんな顔してたのか)

見たこともない顔だった。侑一を見る時、自分がこんな顔をしているなんて。

この人に見られていると、裸にされているような気持ちになる。外に出さないもの、出せずにいるもの、自分が知らない自分まで、見られている気がする。

侑一は黙ってスクリーンを見ている。画面が切り替わって別のシーンになると、小さく吐息をこぼした。

「――密崎は、将来何になりたいとか決めてるのか？」

「うーん……まだわからないけど、最近、美容師もいいかなって。会社員より向いてそうだし」

「お姉さんモデルだろ。スカウト来てるって聞いたぞ。モデルか俳優になればいいのに」

「向いてないですよ。俺、内心で白けてるタイプだから」

「そんなことないと思うけど……」

スクリーンの中で、わあっと拍手が起きた。最後のカットを撮ったあとの、クランクアップの場面だ。

部長が両手を上げて喜んでいる。みんな手を叩いて笑っている。周も笑っていた。侑一も笑っていたと思うけど、彼は撮る側にいるので、いつも映っていない。

それが、寂しかった。何ひとつこの手に残ってくれないみたいで。

「密崎が俳優になったら、卒業してからもテレビや映画で見られるのになあ」

気の抜けたような顔で、侑一が言った。いっそ無邪気なくらいの声だ。

「……別に、普通に会えばいいじゃないですか」

返すと、照れたように笑う。

「卒業してからも俺と会ってくれんの？」

胸の中で、心臓が強く鳴った。

「俺は……会いたい、です」

変に間を作ってしまって、声が上擦った。格好悪い。でも止まらなかった。

「俺は橘先輩のこと……好きだから」

「――」

少しの間、沈黙が落ちた。

いたたまれなくて、周はスクリーンに視線を逃がした。クランクアップの場面が終わって、もう無音だ。メイキングは終わりらしい。けれどスクリーンには海の映像が映っていた。

いつのまに撮ったのか、何もない、ただの海面だ。晴れた日の海。水面にきらきらと光が踊っている。

「ありがとな」

いつも通りのやわらかい声が聞こえた。ごく普通の日常会話みたいな。

顔を戻すと、侑一は笑みを浮かべていた。困ったような笑い方だった。

「また会えるといいな」

社交辞令みたいに、そう言った。会えても会えなくてもどっちでもよさそうに。

カタンと椅子が鳴った。侑一が立ち上がる。周は動けず、顔も上げられなかった。

侑一はコンソールデスクに向かう。離れていく時、頭の上にぽんと軽く手が触れた。

「……っ」

発作的に周は立ち上がった。大股で追いつき、侑一の腕をつかんで引き寄せる。

侑一が驚いた顔で振り返った。そのまま、背中に腕を回して抱きすくめた。

「――っ…」

腕の中で、侑一が短く息を吸った。

スクリーンに映っていた海の映像がふっと消えた。画面が白くなる。

「違います、だから……」

耳の奥で心臓がうるさいくらいに鳴っていた。薄暗くて、周囲の音が遠くて。外は真昼なのに、ここだけ別世界みたいだ。

「だから」

腕の中に侑一の体がある。周と同じ、普通の高校生男子の体だ。それを、壊れものか取扱注意の危険物みたいに感じた。だけど同時に離したくなくて、もっと近づきたくて、力をこめて抱きしめた。

「こういう意味で——好きです」

侑一は何も言わない。息遣いだけがすぐそばで聞こえた。鼓動の音まで聞こえる。違う。自分の鼓動だ。

「……先輩」

少し腕をゆるめて、うつむいた顔を覗き込んだ。侑一は目を開けたまま、一時停止したみたいに固まっていた。

頬に手を伸ばす。指先が触れると、ぴくりと睫毛が動いた。

侑一が顔を上げる。目が合う。その一瞬、確かに何かが繋がった気がした。レンズ越しに繋がっていた時みたいに、何かが——

吸い寄せられるように、顔を近づけた。

「…っ」

唇が触れた瞬間、生き返ったように侑一が動いた。肩が跳ねて、両手が強く周を突き飛ばした。

「先…」

周は数歩うしろによろけた。侑一を見ると、自分の行動に驚いたような顔をしている。

それから、はっとしたように瞬きした。

一瞬ののち、その顔がカッと赤くなった。

「先輩」

侑一は周に背を向けると、早足でコンソールデスクに近づいていった。床に置いてあったバッグを手にする。思い出したように、デスクの上にあった卒業証書をバッグに放り込んだ。パソコンからＤＶＤを抜いて、それも放り込む。

「橘先輩」

侑一は無言でドアに向かった。ドアに手をかけた時、呟くように言った。

「ごめん」

それで、終わりだった。

終わった。あっけなく。

侑一は卒業して、その後一度も連絡を取らなかった。周は映像部に入ったわけじゃなかったので、会う機会もなかった。学年が違うし、姉と仲がよかったわけでもない。近況も聞かなかった。

周は高校卒業後、東京の専門学校に進み、美容師になった。しばらくは姉と暮らしていたが、姉が結婚して、一人暮らしを始めた。やがて独立して『オルタンシア』をオープンした。

そうやって、十年が過ぎた。

■

年末年始はひさしぶりのまとまった休みだ。けれどどこも混んでいるから、旅行に行ったりはしなかった。大晦日に実家に帰ったが、お腹の大きい姉にこき使われるのに辟易《へきえき》して、二日には自分のマンションに戻った。

新年の営業をスタートすると、いつも通りの日常に戻った。昔のことを思い出す暇なんてない、忙しい日々だ。

一月の半ばに、紗知が店にカットに来た。母親に車で送られてきていた。母親はこちらが恐縮するくらい周に感謝していて、断ったけれど高級そうなワインを置いていかれた。

「体調はどうですか？」

「はい。大丈夫です」

そう言って笑う紗知は少し痩せたように見えたけれど、にこにこしていて、店に来るのが楽しそうだった。

その数日後に、東京に初雪が降った。つもることはなかったが、寒い日々が続いた。

侑一がオルタンシアに来たのは、二月の下旬のことだ。朝から空が重く時おり雨がぱらつき、今にも雪に変わりそうな寒い日だった。

最後の客を送り出して、閉店作業を終えたあとだった。外に出ようとしたところで、ガラスドアの前に人が立っているのに気づいた。

「——先輩」

ドアを開けた周は、驚いて声を上げた。

「どうしたんですか」

「……密崎」

侑一はスーツ姿で、コートにマフラーを巻いていた。髪や服にみぞれ混じりの水滴がついている。うつむいていて、寒いせいか頬に血の気がなかった。

「店はもう終わりですけど——って、客じゃないですよね」

「……」

「とりあえず、寒いですから中へ」

そう言って中へ入れたが、店内はエアコンもすでに切ってしまっている。立ったまま、もう一度侑一に訊いた。

「どうしたんですか？」

「……話があるんだ」

「はい？」

「あの……」

侑一はすぐには話し出さない。よく喋る人ではないけれど、こんなふうに煮え切らないのはめずらしかった。

「紗知が、来ただろう？」

やっと口をひらいたと思ったら、紗知の名前が出た。

「はあ。先月の半ばくらいに」

「どんな様子だった？」

「どんなって……普通でしたが。お母さんと一緒で、髪を切って、それだけです」

侑一はまた黙り込む。その唇に色がないのを見て、周はとまどった。

エアコンを入れて、温かい飲み物を出した方がいいだろうか。でもキッチンもう片付けてしまっている。店のドアはガラス張りで、ソファは外から見える場所にある。込み入った話をする場所じゃない。少し迷ったけれど、周は店の鍵を手にして言った。

「先輩、上に行きましょう。俺、上に住んでるんで」

「え？」

それ以上は説明せずに、明かりを消して侑一を促して外に出た。ドアを施錠して、マンションのエントランスの方に回る。

エレベーターに乗って五階のボタンを押すと、侑一が口をひらいた。

「密崎ってここに住んでたのか」

「もともと上の部屋を借りていて、下の物件が空いたんで店を出したんですよ」

「へえ…」

部屋は1LDKで、LDKの間取りが広いので気に入っている。家事は得意ではないが、部屋は散らかさない方だ。侑一をリビングに招き入れ、エアコンをつけてソファをすすめた。

「座ってください。コーヒーでいいですか？」

「気を遣わなくていいから……」

「俺が飲みたいんで」

機嫌の悪い声が出てしまったかもしれない。侑一はリビングの入り口で所在なさげに立ち止まった。

一日の仕事を終えて、疲れていた。面倒な話はしたくないし、侑一の口から紗知の名前を聞きたくない。もう会いたくなかった。なのに、なんだ。

「……」

コーヒーメーカーにフィルターと水をセットして、コーヒー豆を入れる。電動ミルがガーッと豆を挽く音が、静かな部屋に際立って響く。

カップをふたつ出す。思いついて、カップを温めるための湯を沸かし始めた。自分だけなら、やらないけれど。

　ケトルの注ぎ口から湯気がのぼり始める。冷えていた部屋もあたたまってきた。

（……俺、何してるんだろうな）

　強引なわけでも勝手なわけでもでもないのに、どうして自分はいつもこの人に振り回されるんだろう。

　サーバーにコーヒーが溜まり、いい香りが漂ってきた。周はリビングを振り返った。

「先輩、砂糖とミルクは…」

　侑一はまだリビングの入り口に立ち尽くしていた。コートも脱いでいなくて、ショルダーバッグが足の横に落ちている。その顔色が真っ青に見えて、周はぎくりとした。

「大丈夫ですか。具合《ぐあい》悪いんですか？」

　前に立って、顔を覗き込んだ。

　侑一は生気がかき消えたような顔をしていた。目は開けているけれど何も見ていないようで、視線が合わない。

「先輩？」

　肩に手を置くと、小さくびくりとした。

「――頼みがあるんだ」

　顔を上げてやっと周を見て、出し抜けにそんなことを言った。

「とりあえず座ってから…」

「い、一生に一度の頼みだから……」

血の気のない唇が震えている。周はちょっと身を引いた。軽く笑って、肩から手を離そうとした。

「何を小学生みたいなことを」

「本気なんだよ…っ」

引こうとした手の手首を、ぐっとつかまれた。

「こんなこと頼むの、一生に一度だけだ。俺の生涯をかけて頼むから」

「え、なに…」

面食らって瞬きする。色のない顔で、真剣な目で周を見て、侑一は言った。

「紗知とつきあってくれないか」

「――は？」

何を言われたのか、よくわからなかった。キッチンでケトルからシューーッと湯気が吹き出す音がしている。

「紗知とつきあってほしいんだ。こ――恋人として」

「何を……言ってるんですか」

混乱して、手を振りほどこうとした。けれど侑一は握った手首を離さない。

「紗知は密崎のことが好きなんだよ」

「……」

「密崎に恋をしてるんだ」

周はキッチンの方に視線を流した。沸騰《ふっとう》した湯がケトルから吹きこぼれて、ＩＨヒーターが自動停止した。

「……仮にそうだとしても」

少し気を取り直した。女の子に好かれるのは、よくあることだ。紗知から好意めいたものを感じなかったと言えば、嘘になる。

「先輩が頼むことじゃないでしょう」

「わかってるよ、そんなこと」

侑一は首を振る。聞き分けのない子供みたいだ。だんだん腹が立ってきた。

腹が立って、面倒になる。この人はいつも周を苛立《いらだ》たせて、苦しくさせる。思い通りにならなくて、嫌になる。

ため息をついて、握られていない方の手で髪をかき上げた。冷たい声が出た。

「だいたい、紗知さんは先輩の彼女じゃないんですか？」

「俺のことはいいんだ」

「いいって言われても。そもそも俺は紗知さんに特別な感情は持っていません。だから無理です」

「それでもいいから…っ」

ぐっと手首を握って言ってから、侑一は目を伏せた。視線が揺れる。

「こ…恋人のふりをしてくれればいいから」

「…っ」

頭にカッと血が上った。

ふざけるな、と思った。

「そんなことできるわけがないでしょう！」

声を荒げて、握られた手をむりやり振りほどいた。

「そんなの紗知さんに失礼でしょう？」

「わかってるよ！」

周の言葉にかぶせるように、侑一は怒鳴った。

「でも死ぬよりはましだろう!?」

横面をひっぱたかれた気がした。

「――え」

「紗知……この間急に具合が悪くなって……やっと持ち直したけど、でもいつ――」

声はひどく頼りなく、ふらふらと揺れる。

「そんな……嘘でしょう？」

混乱して、顔を歪めて言った。侑一は答えない。

「だって買い物に行った時はあんなに元気で……クリスマスマーケットを楽しんでて。この間だって、カットに来て」

「……階段だって、医者は言ってた」

平坦な声で、侑一は言った。

「階段？」

「坂道じゃなくて、階段だって。少しずつ悪くなるんじゃなくて、平行状態が続いて、このまま行けるんじゃないかと思っていると、ある日ガクッと悪くなる。でもまたしばらくは小康状態が続く。少し元気になったりもする。だけどまた一段下るように悪くなって——それを繰り返して、いつか」

ぞっとした。

いつか——底につく。

「そんな……でも」

「だから外出許可だって出たんだ。できるうちに、やりたいことはやった方がいいって」

周はこくりと唾を呑んだ。

「だから、紗知と恋をしてほしいんだ」

侑一は急ぐように早口になる。

「紗知のことを好きになってくれって言ってるんじゃない。そんなことは頼めない。でも紗知は密崎のこと好きだから。たぶん初恋だから」

初恋。そんな言葉を、この人の口から聞くとは思わなかった。

「紗知、たぶん本気で恋をしたことがなかったんだ。学校も休みがちだったし、あんまり深く人と関わることがなかったし……それに、俺がいたから」

室内はもう充分にあたたかい。なのに寒い場所にいるみたいに、侑一は青白い顔のままだ。

「俺はできるだけ紗知のそばにいて、紗知に外の世界を見せようとしてた。写真を撮ったり、映像を撮ったり……紗知にとっては、俺が外の世界との接点だったんだと思う。俺は紗知が大事で、守りたいと思ってて……それが一番大切なことだった」

「……」

「恋かどうか関係ないくらい、大切なことだった」

ああまたか、と周は思った。

この人は優しい顔をして、優しい言葉で、無自覚に周の心に触れてくる。触れて、つかんで——そうしてほったらかしにして行ってしまうのだ。遠くへ。

「でも、密崎に会って——たぶん高校の映画で密崎を見た時から、憧れていたんだと思う。

ＤＶＤを何度も見てたし。それで本人に会って……紗知、変わった」

「変わった？」

「髪を切ったからだけじゃない。見違えるくらい生き生きして、楽しそうで……服を買うのもお洒落をするのも、すごく楽しそうだった。それですごく」

大事な秘密を口に乗せるように、そっと言った。

「すごく、綺麗になった」

「……」

「紗知をあんなふうに綺麗にできるのは密崎だけだ。ずっと見てきたからわかる。紗知は密崎に恋をしてるんだ」

「……だから？」

冷めた声が出た。侑一は周を真っすぐに見て言う。

「だから、紗知に恋を続けさせてやってほしいんだ。好きになってくれなくてもいい。恋人のふりをしてくれるだけでいい。ただ時々会って、デートみたいなことをして、紗知に恋を経験させてやってほしいんだ。密崎なら安心して任せられるから」

安心。任せる。デート。経験。

（……何を言ってるんだ、この人は）

「俺はホストか何かですか」

「違う！　そんなつもりじゃない」

侑一は真剣な顔で言いつのる。

「紗知にとって、密崎は王子様なんだよ」

「……」

「密崎って、王子様そのものだろ。かっこいいし、優しいし、女の子の扱い上手いし」

褒め言葉なのかもしれない。でも、掃いて捨てられているような気がした。

「紗知に夢を見せることができる」

周は顔を背けて侑一から離れた。キッチンに行って、コーヒーをカップに注いで飲む。少し苦い。いつも一人分しか淹れないから、加減がわからなくて濃くなりすぎたらしい。

カップを置いて、冷蔵庫を開けた。缶ビールを取り出す。プルタブを開けて、一気に半分ほど喉に流し込んだ。

拳で唇を拭う。長く息を吐いて、言った。

「本気で言ってるんですか？」

「……馬鹿なことを言ってるって、自分でもわかってるよ」

侑一は力ない声でうつむく。周はまたビールをあおった。苦く冷たい液体は乾いた喉を潤してくれるけど、酔いはかけらも感じなかった。

「でも、ほかに方法がないんだ。紗知をあんなふうに綺麗にできるのは、密崎しかいない」

「先輩は紗知さんのことが好きなんじゃないんですか」

「……俺はふられたんだよ」

自嘲するように言って、侑一は目を逸らした。

「移植ができれば助かるかもしれないって、医者は言ってる。でも適合する心臓が見つかるまで時間がかかるし、今のままじゃ体が移植に耐えられないって……それに、紗知は移植に積極的じゃないんだ。移植手術を怖がってるし」

周は缶ビールをカウンターテーブルに置いた。テーブルに寄りかかる。

「だから、結婚しようって言ったんだ。自惚れかも知れないけど、俺を一人にするって思ったら生きる気になってくれるんじゃないかって」

ふ、と侑一が唇を歪めた。弱く息が漏れる。笑ったらしい。

「でも、受けてくれなかった。自分は結婚なんてできないって。俺には、ちゃんと家庭を作れる人と一緒になってほしいって」

顔を上げて、周を見る。

「だけど紗知は密崎に恋をしている」

「……」

「密崎に会ってからは、元気で、綺麗になった。きっと密崎に会うためなら、生きようって思ってくれる」

「そんな」

周は唇を引き攣らせた。

「だから——お願いだから」

侑一は周の目の前に立った。

「紗知とつきあってくれ」

「——」

真剣な目が周を見つめてくる。目を逸らそうとしても、逸らせなかった。

この人のこんなに必死な顔を見たことはなかった。

高校の卒業式の日、視聴覚室で周が告白した時の顔が浮かんでは消える。考えたこともなかった、という顔。

紗知を綺麗にできるのは周なのかもしれないけれど、侑一を必死な顔にできるのは、紗知だけなのだ。

「……できません」

体ごと背けて、言った。

「密崎、お願いだから」

侑一は周の片腕をつかんだ。

「無理です。俺には……」

「頼むから…っ」

握った指に力がこもる。振りほどこうと腕を引いたはずみに、手が缶ビールにぶつかった。

テーブルにビールがこぼれて広がる。転がった缶はテーブルから落ち、カラカラと転がりながら残りの液体をまき散らした。侑一はそちらを見もしない。

「かわりに」

「先輩…っ」

「かわりに、俺が密崎の言うことを聞くから」

侑一は両手で周の腕を握った。すがりつくように頭を下げる。

「なんでもする。俺の一生をかけて頼む」

腕を握る指が、訴える声が震えていた。

「お願いだ。密崎――」

なんでも。

一生。

くらりとした。

中身のなくなった缶はリビングまで転がって止まった。テーブルの端からぽたぽたと、ビールの滴が落ちる音がしている。

「…っ…」

周は唇を噛んだ。両手で侑一の肩をつかむ。強い力で、ぐいと引き剥がした。

「——すみません」

「…っ」

「今日は帰ってもらっていいですか」

侑一はすぐには動かない。その片腕をつかみ、強引に引き立てるようにして大股で歩き出した。

侑一はバランスを崩してたたらを踏む。そのまま乱暴に引きずってリビングを出て廊下を進み、放り投げるようにして玄関に突き出した。

リビングに戻って、侑一のショルダーバッグをつかむ。立ち尽くしている侑一の胸に押しつけた。

「帰ってください」

「密崎……」

たぶん自分はひどく冷たい顔をしているんだろう。侑一は傷ついた顔で周を見た。

周に背中を向けて、のろのろと靴を履く。ドアノブに手をかけた。

「——先輩」

周は侑一の背後に立った。覆いかぶさるようにしてドアに片手を置く。

侑一が振り向く。髪が触れそうなほど近くで、言った。

「卒業式の日に俺が言ったこと、覚えてますか？」

「え」

虚を衝かれたような顔だった。

その顔に、ゆっくりと何かの感情が広がる。理解。とまどい。それからたぶん——罪悪感。

「だ、だってあんなの……」

唇の端が、微笑うように引き攣った。

「昔のことだろ」

周は小さく息を吸った。ドアを押さえた手で拳を握る。

この人は。どこまで人を。

「それにマキさんが、密崎は今は彼女いないけど、前はいたって。綺麗なモデルの女の子だったたって」

言い訳のように、侑一は早口になる。

「高校の頃からすごくもててたし……だから俺のことなんて」

なんでもないことのように。むしろなんでもないことであってほしいと願うように、侑一は言った。片頬に笑みすら浮かべて。

「俺のことなんて、ただの気まぐれなんだろう?」

「……は」

笑い出しそうになった。

こんなところで、と思った。

こんなところで、しっぺ返しが来るのか。適当につきあって、適当に別れたから。心を軽く扱ったから。

だから今、周の心はないものみたいに扱われている。

「……こっちから連絡しますから」

ドアを大きく開けて、侑一の背中をぐいと外に押し出した。

「もう店には来ないでください」

言い捨てて、ドアを閉めた。


「――こんにちは」

母親に促されて周が入っていくと、紗知は急いで髪を直す仕草をした。

「こ、こんにちは」

肩をすくめて、恥ずかしそうに小さく笑う。パジャマじゃなくてカジュアルな普段着を着ていて、化粧気はなかった。

「すみません、いきなり。具合が悪くなっていたって橘先輩から聞いたので」

笑みを浮かべて、「これ、お見舞いです」と白い箱を差し出した。ピンクのリボンがかかっている。受け取った紗知は「え、なんだろう」とリボンをほどき、蓋を開けて歓声を上げた。

「わあ、綺麗！」

中に入っているのは、花だ。ボックスタイプのフラワーアレンジメントで、箱いっぱいに色とりどりの花とグリーンが敷きつめられている。店に飾る花を配達してもらっている花屋に相談して、見舞いにふさわしいものを作ってもらった。

「ありがとうございます」

フラワーボックスを抱くように持って、紗知は嬉しそうに頬を染めた。

「風邪を引いちゃったのよね」

母親が明るく割って入ってきた。トレイに湯呑みを二つ載せている。

「ここのところ寒かったから……でも、もう治りましたから。密崎さん、どうもありがとうございます」

感じのいい、明るい人だ。紗知によく似ている。だけど少し疲れているようにも見えた。

「どうぞゆっくりしていってくださいね」

ベッドに設置されているテーブルに湯呑みを置くと、母親は病室を出ていった。部屋は個室で、陽光がたくさん入って明るい。

「元気そうで、よかったです」

周はベッドの脇に置かれたスツールに座った。決まり文句のようにそう言ったけれど、紗知の顔色はあまりよくないように見える。ノーメイクなのもあって、ベッドの上にいるとなんだか幼い子供みたいだ。また少し痩せたかも知れない。

「かわいいお花。こんなのもらったの初めてです」

「お花、いっぱいあるんですね」

ベッドの横の棚には、ほかにも花が置かれていた。花瓶に活けられた黄色とオレンジのガーベラ。小学校の授業で見たような、球根を育てるためのガラスの容器もある。紫色の球根が置かれていて、茎と葉がまっすぐに長く伸びていた。もうすぐ花も咲きそうだ。

「私が花が好きだから。あと、ヒヤシンスの球根はゆうちゃんが」

キュッと胸が痛んだ。

「…へえ」

「根があるのって病院にはよくないっていうけど、私が育ててみたくて。毎日ぐんぐん伸びるんです。花が咲くの、楽しみ」

紗知はにこにこしている。周は湯呑みを手にしてお茶をひと口飲んだ。

「橘先輩、この病院に勤めてるんですよね」

「はい。毎日お仕事が終わると寄ってくれます」

「仲がいいですよね」

お客さんと世間話をする時の口調で言った。

「幼なじみで、小さい頃から一緒にいたって先輩に聞きました。……あの」

少しためらう。紗知が首を傾げた。

「……紗知さんは、先輩の恋人じゃないんですか？」

「えっ」

かあっとわかりやすく、紗知は赤くなった。

今時めずらしいうぶな反応だ。本当にかわいい子だと思う。かわいくて、とてもいい子だ。大切だと思うのはあたりまえだ。

「……小さい頃は、ゆうちゃんのお嫁さんになるんだって思ってたけど」

うつむいて、恥ずかしそうに言う。少し間があってから、顔を上げて紗知は微笑んだ。

「ゆうちゃんって、優しいでしょう。優しくて、私にとってはヒーローで、外の世界を見せてくれて……子供の頃、ゆうちゃんは私にとって世界そのものだったんです」

「……はい」

きっと本当にそうだったんだろう。周はお茶をテーブルに置いて脚を組んだ。

「でも十歳の時、うちが引っ越したんですよね。私がこの病院に転院になって、家族で近くに引っ越したんです」

紗知が十歳。侑一は中学生だ。

「それまでは家が近かったから、ゆうちゃんは学校が終わるとすぐにうちに来てくれてたんだけど、あんまり来られなくなって……」

淡々と、それまでと同じ口調で、紗知は続ける。

「だんだん、ゆうちゃんの話の中に私が見たことも聞いたこともないものが増えていくんです。ゆうちゃんは写真や動画を撮って見せてくれるんだけど、私の知らない場所で、知らない人たちが映ってて」

「寂しいですよね」

周が呟くと、紗知はにこりと笑った。

「寂しいです。でも私、嬉しかった。ほっとしました」

「嬉しい?」

「密崎さん、知ってますか?　ゆうちゃん、ひたいに傷があるんです」

人差し指で、自分のおでこの右寄りをこつんと叩く。周は頷いた。

「知ってます。紗知さんを助けようとして、転んだって」

「そうなんです。私は小さかったから、はっきりとは覚えていないんだけど……でも、ゆうちゃんが私をおぶって走ってくれたことは覚えてます。ゆうちゃんはやっぱり私のヒーローなんだって思った。でも」

初めて、声に陰りが混じった。

「でも私、だんだん苦しくなった。私はゆうちゃんを縛りつけてるんじゃないかって。ゆうちゃんは私にとって世界の全部だったけど、ゆうちゃんにとっては私は一部なのに……罪悪感や責任感のせいで、私から手を離せないいんじゃないかって」

「そんなことは…」

ないでしょうとは言えなかった。周は口をつぐんで目を伏せた。

「だから、ほっとしたんです」

ことさら明るく、紗知は言う。

「ゆうちゃんが別の世界を作ってくれて。よかった。私も早く病気を治そうって思いました。病気を治して、学校に行って、仕事もして、他に好きな人とか作って……全然、できてないんですけど」

小さく笑う。

「今も入院ばかりで、心配かけてて。ゆうちゃんがこの病院に就職したのは、きっと私のためなんです。たまたまだよってゆうちゃんは言うけど。でも、もうこれ以上──」

紗知は手の中のフラワーボックスを見つめている。清潔な病室の白いベッドの上、箱の中にだけ色と生気があふれている。

　お茶をひと口飲んで、周は口をひらいた。

「前髪、少し伸びましたね」

「えっ？」

　紗知は目を瞬かせた。

「今度、前髪だけカットしましょうか。うちに来てくれてもいいし、僕がここに来てもいいですよ。今日は鋏を持ってきてないけど、前髪だけだったらサービスしますから」

　営業用の笑みと本当の笑みを混ぜて、笑う。うまくできたと思う。もう世間知らずの高校生じゃない。自分の顔を利用することも、上手にできるようになった。これくらいなんでもない。

（……なんでもない）

「ありがとうございます」

　紗知も上手に笑った。純真無垢《じゅんしんむく》な笑顔に見えるけれど、純真なだけの女の子じゃないんだろう。彼女は彼女の世界で必死に闘っている。

「僕に何かできることはありますか？　髪を切る以外に」

「そんな」

　紗知は笑って首を振る。周は組んでいた脚を下ろして、紗知の顔を見た。

「紗知さんの力になりたいんです。元気になってほしい。そのために俺にできることがあるなら……」

——なんでもする

はっとして、手の中のお茶の表面が小さく揺れた。

(やめろ)

何を考えているんだ、と思う。そんなこと、片隅に思ってもいけない。だけど頭から離れなかった。最初は小さな染みみたいだったのに、こびりついて離れなくなる。だんだん頭の中に広がって、どろどろのぐちゃぐちゃになる。

(……どうせ俺なんて)

「もう充分です。お買い物につきあってくれて、クリスマスマーケットにも連れてってくれて。今日だって、こんなに綺麗なお花まで」

フラワーボックスを顔の近くに持ち上げる。明るい色の花を横に置くと、メイクをしたみたいに顔が明るくなった。

「これ以上望んだら、バチが当たっちゃいますよ」

笑う紗知につられたように、周も唇の端を上げた。

「紗知さん、俺のこと、いい人だと思ってますよね？」

「だっていい人じゃないですか」

「違いますよ。俺なんて……」

箱の中いっぱいにみずみずしい花が咲き誇っている。こんなふうに綺麗な花が詰まっているならいいけれど、俺の蓋を開けても、入っているのはぺらぺらした安っぽい造花だ、と周は思った。花の下には何が埋まっているだろう。

「そうだ、鉢物が大丈夫なら、朝顔の種はどうですか?」

口調を変えて言うと、紗知はきょとんとした。

「朝顔?」

「小学校でやりませんでしたか。種を植えて、観察日記をつけて」

「あ、やりました! すごく成長が早いんですよね。くるくる支柱に巻きついて」

人差し指を立ててくるくるっと回して、紗知は楽しそうに笑う。

「ここに置けそうな鉢を探して、種をプレゼントしますよ。そしたら観察日記をつけて見せてくれませんか」

「観察日記? 楽しそう」

紗知は両手を合わせて喜ぶ。頬に血の気が上って、病室に入った時より元気そうに見えた。

「退院して家に持って帰って、花が咲くまでが宿題です」

「ふふっ」

首をすくめて笑う。かわいらしい笑顔だ。この子がこんなふうに、もっとたくさん、ずっと笑っていてくれたらいいのにと思う。心から。

（でも）

でも自分はその裏で酷いことを考えている。紗知が知ったら驚くに違いない。きっと軽蔑するだろう。自分で自分に吐き気がする。

見せかけだけの綺麗な造花の下は、腐った泥だ。

――吐き気がする。

「また来ますね」

微笑んで、言った。取り繕った造花の顔で。

自分は最低の王子様だと思った。

侑一に会ったのは、その翌日だ。

話がありますと連絡すると、閉店後に部屋に行っていいかと返ってきた。侑一の家を知らないし、彼の職場の近くで会う気にはなれない。短く了解の返事を送った。

その日は、予約時間よりも遅れてきたお客さんがいて、閉店が遅くなった。閉店後もやることが色々あって、マンションの部屋に上がったのは、結局いつもの閉店時間から二時間近くたった頃だった。

「——先輩」

部屋のドアにもたれている人影を見つけて、周はちょっと驚いた。

「こんなところで待ってたんですか？　寒いのに」

内廊下とはいえ、まだ二月だ。侑一はドアから身を起こして軽く笑った。手に缶コーヒーを持っている。

「ここ、そんなに寒くないよ。あったかいコーヒー飲んでたし」

「連絡くれればよかったのに。それか店の方に来てくれれば」

「忙しそうだったからさ。……店にはもう来るなって言われたし」

「……すみません」

顔を逸らして、部屋の鍵を開けた。

明かりをつけて、エアコンを入れる。リビングに入るとすぐ、コートも脱がずに侑一が言った。

「紗知の見舞いに行ったんだって？」

「筒抜けですね」

周は小さく笑った。

「綺麗な花をもらったって、喜んでたよ。やっぱり密崎はセンスがいいよなあ」

「作ったのは花屋です」

周はキッチンに立った。コーヒー豆の袋を手にしてから、気づいて振り向く。

「コーヒー、もう飲んでたんですよね。うち、お茶も紅茶もないんですが」

「あ、いや、気にしなくていいから…」

周は冷蔵庫を開けた。

「先輩、車じゃないですよね。ビールでいいですか」

缶ビールをふたつ取り出す。ひとつを開けてごくごくと飲み、リビングに行ってもう一本をソファの前のローテーブルに置いた。

「どうぞ」

「……」

「先輩、コート脱いでくださいよ」

「あ…うん」

のろのろと侑一が脱いだコートとマフラーを、とりあえずキッチンのカウンターテーブルの椅子の背にかける。コートを脱いでも、侑一はソファに座らなかった。ビールにも手を伸ばさない。

「――考えたんですけど」

カウンターテーブルにもたれて、周は口をひらいた。

もう面倒になっていた。綺麗な外面を保つのも、自分の中の良心とそうじゃない心を天秤にかけて、ぐらぐら揺れるのを眺めるのも。

この人と一緒にいると、知らなかった自分を見るはめになる。格好悪くなったり、みっともなくなったり、熱くなったり冷たくなったりする。

なのに、会いたかった。この無様さはどうだ。

病院で再会した時も、本当は嬉しかった。心臓が沸き立った。今、彼がここにいるというだけで、胸が疼く。もっと近くに行きたくなる。あんな酷いことを言われたのに。

こんな無様なものが、恋なのかと思う。自分はこんな恋しかできないのか。

もう嫌気が差した。自分にも、この状況にも。もうたくさんだ。いっそばっさり切ってくれないだろうか。

「紗知さんとつきあってもいいです」

淡々と言うと、侑一は目を見ひらいた。

「えっ…」

(なんで驚くんだ)

軽く苛つく。侑一はいつも絶妙に周を苛立たせる。

「彼女、かわいいし、すごくいい子だし。俺だって紗知さんに元気になってほしい。俺にどれだけのことができるかわからないけど」

　カウンターテーブルから離れて、侑一に近づく。缶ビールをローテーブルに置いて、彼の前に立った。

「でも、条件があります」

「え？」

「かわりに先輩が俺の言うこと聞いてくれるんですよね？」

　侑一は瞬きをして周を見返した。

　周は笑みを浮かべた。笑うことくらい、いくらだってできた。笑顔のまま、言った。

「じゃあ、先輩の体を俺にください」

「え…？」

　侑一は意味がわからなそうに聞き返す。ぽかんとした、と言いたくなるような、まっさらな顔だ。

「俺、先輩のこと好きだって言いましたよね？」

「――」

「でも、どうせ心はくれないんでしょう？　だったら体をください」

　砂地に雨が染みわたるのを眺めるように、侑一の中に自分の言葉が浸透するのを眺めた。すうっと血の気が引くように表情が引いていく。それから、彼はきゅっと唇を閉じた。

「そうしたら――先輩の言うこと、なんでも聞きます」

酷いことを言っている。最低の人間になる。

それでよかった。どうせこの人にとって、俺は女たらしの王子様だ。

「どうしますか？」

ゆっくりと、片手を侑一の顔に伸ばした。

指先が頬に触れた瞬間、侑一はびくっとしてわずかに身を引いた。ほら見ろ、と言いたくなる。

だけど大きくは動かない。頬を中指の先でたどって、手をシャツの首元に下ろした。侑一はスーツにネクタイだ。ネクタイのノットに、人差し指を引っかけた。

「あなたの言うこと、なんでも聞くから……」

最低の人間になる。嫌われる。

わかってて、言った。

胸が詰まった。

「…っ」

喉の奥から嗚咽《おえつ》めいたものが込み上げてきて、周はぐっと奥歯を噛み締めた。顔を伏せて、侑一の肩口にひたいをつける。請い願ってすがっているみたいに。

侑一は動かなかった。頭の上で小さな息遣いが聞こえる。

短いような長いような間のあと、声が聞こえた。

「――いいよ」

周ははっとして顔を上げた。

侑一の唇が笑う形に動いた。ゆるい息がこぼれる。

「別に俺の体なんて……」

どうでもいいことを、笑って流すみたいに。

瞬間的にカッと頭の中が熱くなって、周は乱暴に侑一の胸ぐらをつかんだ。

侑一が目を見ひらく。腹が立つほど無防備なその唇を、唇で塞いだ。

「…ッ――」

侑一の体が震えるのがわかった。周はシャツをつかんだままで、それ以外は手は出さなかった。

「…っ」

開いたままの口の中に舌を差し入れると、触れた舌先がびくりと逃げた。かまわず、深く唇を重ね合わせて口の中を貪る。大きな抵抗はない。でも反応もなかった。

「んっ」

唇は乾いて冷たかったけど、中は熱く、濡れている。口の中だけで、侑一の体温や鼓動を感じた。

侑一とキスをしている。頭は冷えているのに、全身の血がふうっと沸き立った。

「っ、ふ」

　膝の力が抜けたのか、侑一の頭がかくんとのけぞった。周の方が背が高いので、のしかかるような形になる。唾液が流れて、侑一の喉がごくりと上下した。

「…っ、あ」

　苦しそうに顔を逸らして、侑一は両手で周を押し返した。でも強い抵抗じゃない。周がシャツを放すと、ふらりとよろけた。

　うつむいて拳を口元にあてる。頬が上気していて、耳たぶも赤い。肩を揺らして大きく息をした。

「——ほら。嫌だったでしょう？」

　周は唇を歪めて笑った。蔑《さげす》むような声が出た。蔑んだのは侑一じゃない。自分自身だ。

「やめましょう。この話はおしまいです」

　侑一から離れて、ローテーブルに置いていた缶ビールを手に取った。部屋のドアに向かう。立ち尽くす彼の横を通り過ぎる時に、言った。

「紗知さんの髪はカットしますよ。出張カットに行ってもいい。お見舞いにも行きます。友人として。それでいいでしょう？」

　侑一は答えない。身動きもしない。

「……それで勘弁してください」

もう勘弁してくれ。

侑一を置いて、リビングを横切る。リビングから出る時に、振り返らずに言った。

「もう俺に用はないでしょう。帰ってください」

そのまま、廊下を歩いて奥の寝室に向かった。

「っ！」

うしろから強い勢いでぶつかられたのは、寝室のドアのすぐ前だった。

「……じゃない」

しがみつくように腰に両手が回っていた。かすれた声が言った。

「嫌じゃない、から」

「――」

ぐらっと頭の中が揺れた。

侑一の両手は周のシャツを握っている。力が入り過ぎているのか、血管が浮いて指が震えていた。

その手を見下ろして、周は大きく息を吸った。胸が震えた。

「……先輩」

（やめろ）

手に手を重ねて、引き剝がそうとする。その自分の指まで震えていた。

「密崎、お願いだから……」

片手ずつ引き剥がして、ゆっくりと振り返る。侑一が顔を上げた。ビールを頭からぶちまけてやろうかと思った。

「密崎」

でも、顔を見たら駄目だった。駄目になった。否も応もない。他愛もない。

片手を伸ばして、頬に触れる。まだ冷えたままだ。この人の頬に血が上るところが見たい。唇が濡れるところを、目が潤むところを見たい。

頬をすべらせた手を、首のうしろに回した。そのまま強く引き寄せた。

■

横浜育ちだから港には馴染みがあるけれど、マリンスポーツにも海水浴にも興味がなかったので、浜にはあまり行かなかった。高校を卒業して東京に引っ越してからは、一度も行っていない。

だから、周にとって一番強い海の印象は、映画を撮ったあの夏の海だ。人の少ない時間帯を狙った、早朝や夕方の海。潮の匂いのする風。足の裏の砂の感触。奇跡みたいに降り注いだ、天使の梯子。

その海の夢を、ひさしぶりに見た気がする。

光が揺れる。海面が揺れている。大小様々な光の粒が、波の動きに合わせて跳ねたり弾けたりしている。宝石みたいに硬くはなく、夜景みたいにぎらぎらしていない、天気のいい日の平和で眩《まぶ》しい光。

海辺の風景には、カメラを構える彼の姿がセットになっている。レンズの向こうから周を見つめる目。

「……ん」

気配を感じて、薄目を開けた。カーテンの隙間から陽が差している。その光が、ちらちらと遮られる。光の中で誰かが動いている。

「っ…」

はっきり目を開けるのと同時に、周は上体を浮かせて腕を伸ばし、光の中の誰かをつかまえた。

「わっ……びっくりした」

「――」

腕をつかまれた侑一が、驚いた顔で振り向いた。つかんだ周の方が驚いた。

「お、…はよう」

律儀に侑一が言う。スーツのスラックスを履いていてシャツをはおっていて、床に落ちたネクタイに手を伸ばしていた。

「……はい」

半分呆然としたまま、周は返した。まだ頭がはっきりしていない。

(はいってなんだ)

内心で自分に突っ込みながら、手を放した。ベッドにどさりと突っ伏す。鉄の輪で締めつけられているみたいに、頭がぎりぎりと痛んだ。

乱れたシーツ。床に散らばった服が目に入る。侑一のネクタイ。靴下。周のシャツ、ジーンズ。Tシャツとアンダーウェアは身につけていた。ベッドサイドのチェストの上には、ジンのボトルとグラスが置かれている。ボトルはほとんど空になっていた。

(そうだった。昨日……)

昨日、侑一とベッドに入った。準備も何もなかったから、最後まではしなかった。侑一が背中を向けて毛布をかぶってしまったあと、周は一人で酒を飲み始めた。飲まないと眠れる気がしなかった。

(くそ)

なんとか上体を起こしたが、少し頭を動かしただけでずきずき痛む。ジンやウォッカが好きでたまに飲むのだけど、こんな無茶な飲み方をしたことはなかった。二日酔いと自己嫌悪のセットで吐きそうだ。

「あのさ……勝手にごめん、シャワー借りた」

遠慮がちな声で、侑一が言った。

「ああ……はい」

「あと、タオルとかも」

「どうぞ…」

乱れた髪をかき上げて、ジンのボトルの横に置かれていたスマートフォンを手に取った。

まだ七時前だ。開店までには時間があるし、侑一の通勤にも余裕がありそうだ。

「俺もシャワー……」

毛布をめくって床に足を下ろして、はっと気づいた。

（これ、シャワー浴びてる間にいなくなるパターンじゃ）

「あの」

ぼさぼさの髪のまま振り返る。侑一はシャツのボタンをとめているところだった。

「え？」

「……先輩は、朝食は食べる人ですか」

考える間も恰好をつける余裕もなく、頭に浮かんだことをとっさに口走った。

「え、あー…、うん」

侑一は前髪をいじる。洗いざらしでまだ乾いていなくて、無造作な髪が高校生の頃みたいだ。

「あの、パン買ってありますから。冷蔵庫にハムも卵もあるし……」

「あー…」

「コーヒーメーカーも好きに使ってもらっていいですから」

頭がずきずきする。心臓がどくどくいう。この無様《ぶざま》さはなんだと、痛む頭で思う。

「……じゃあ、食べていこうかな」

しばらく考えたあと、目を逸らしたままぼそりと侑一は言った。

ほっとした。ほっとしたことを悟られたくなくて、急いで部屋を出た。

バスルームに入る。熱いシャワーを頭から浴びた。ようやくはっきりと目が覚めてきて、覚めると同時に、いろんなことが脳裏に蘇ってきた。

――密崎って、キスが上手いよな。

そんなふうに言われたのは、何度目のキスだったか。寝室に入り、ベッドの上で覆いかぶさっていた。

「そうですか？　別に言われたことないですけど」

「絶対みんな思ってるよ」

（みんなってなんだ）

むっとする。侑一のネクタイに指をかけてぐっとゆるめ、きちんと収まっていたシャツの裾を雑にスラックスから引きずり出した。

「んっ、ん…」

生温い舌。唾液。体温。静かな寝室に小さな息が弾む。全部が生々しくて、背筋がざわりとした。

上手いキスもそうじゃないキスも知らない。ただやりたいように、侑一の口の中を舌で蹂躙した。侑一は受け身で、でもだんだんぎこちなく応えてくれるようになった。キスをしながら、ネクタイをはずそうとする。自分があまりネクタイをしないせいかやりにくい。

「…っ、は…」

唇が離れた隙に、侑一が苦しそうに顔を背けた。その目の端が赤いような、そうでもないような。

「……密崎ってさ」

目を合わせず、わざとのような普通の口調で訊いてきた。

「男とつきあったことあるの？」

「ありますよ。一度だけ」

ネクタイをはずそうとしている手に、侑一の手が重なってきた。さりげなく、するっとほどいてくれる。襟から引き抜くのは周がやった。

「先輩が卒業したあと、誰ともつきあう気にならなくて……俺、ゲイなのかなと思って、東京に出たあとネットで知り合った男とつきあいました」

思い出した。しばらく忘れていたのに。

年上のサラリーマンだった。穏やかで優しい人だった。侑一に少し似ていた。違う。似ている人を探した。

侑一は顔かたちにはあまり特徴がなくて、つかみどころがないところが特徴といえばそうだから、似ている人はたぶんたくさんいる。だから声とか笑い方とか黙り込み方とか、そんなあやふやなものを誰かの中に探した。

「ちゃんとできましたよ。だからバイなんだと思います」

シャツのボタンをはずして脱がせて、ベッドの下に放り投げる。自分のシャツも脱ぎ捨てた。侑一のインナーをまくり上げて、その下に手を這わせる。

「…っ」

侑一の胸が小さく波打った。

堅い胸だ。ちゃんと筋肉がついている。組み敷いている体だって、しっかりした力を感じる。

やわらかな女の子とは何もかも違う。きっちり結ばれていたネクタイも、硬いベルトもスラックスも面倒だと思う。

（くそ）

なのに、血が沸き立った。肌はなめらかで、脇腹を撫でると骨と筋肉が動く。くすぐったそうに首をすくめる仕草や、眉をひそめた表情が見たこともないもので、ぞくぞくした。

「っ、あ」

すくんだ首に舌を這わせて、きつく吸った。侑一の息が少し荒くなる。明かりはベッドサイドのライトだけで、その薄い光の中、頬が赤くなっているのがわかった。目がかすかに潤んでいる。もっと、見たいと思う。

「っ、密崎…っ」

脇を撫でていた手を下に下ろす。スラックスの厚めの生地の上から脚の間をまさぐると、侑一の膝がびくっと跳ね上がった。

「そ…そういうこと、するのか」

「しますよ、そりゃ」

何を言っているのかと思う。舌打ちしたくなって、もっと意地悪したくなった。

「つきあってた男と、そういう…」

言いかけて、侑一は口をつぐんだ。持ち上げた腕で顔を覆ってしまう。

「先輩？」

腕の隙間から覗く耳が赤い。もしかして嫉妬《しっと》しているのかと、一瞬思った。いや、そんなはずはない。考えるだけ馬鹿を見る。

（……ああ嫌だ）

周は目を伏せた。思い出してしまったじゃないか。

年上の優しい人とは、結局長続きしなかった。最後は泣かせてしまった。それまで理性的にふるまってくれていたのに。侑一の影ばかり重ねて、自分がどんなに酷いことをしていたのか思い知った。

それ以来、優しい人とはつきあわないことにした。できるだけ思い入れを持たれないよう、こちらからも持たないようにした。

恋なんて、やっかいで面倒なだけだ。すればするほど傷つくに決まっている。

「先輩は……男とはしたことない、ですよね？」

スラックスの上からキュッと握って、耳元で囁いた。侑一が首をすくめる。

「あっ、るわけ、ないだろ…っ」

「えーと……童貞とか」

「違うっ」

それもそうか。紗知とは転院してからは距離があったようだし。

でも、じゃあ女の子とは普通につきあうんだなと思った。周のことは考えてもくれず、拒絶したのに。

「だ、だから……やり方とか知らないからさ」

顔を覆った腕の下で、くぐもった声で侑一が言った。

「……別に、今日最後までしなくてもいいですよ」

周はちらりと唇を舐めた。侑一が顔を隠している腕をつかんで、むりやり引き剥がす。

「やっ」

「感じる時に先輩がどんな顔をするのか、見せてください」

密崎、と呼ぶ声がせっぱ詰まっていて、頭に血が上った。つかんだ片手をシーツに押さえつける。ベルトをはずして、スラックスを引きずり下ろした。

「んっ――」

下着の上から性器をやわらかく揉みしだきながら、唇を重ねる。ぬるぬると舌を動かし、連動するように指の力を強くした。侑一のものが硬くなっていく。周の指に反応して、形を変える。体温が上がって息が跳ねる。

「あ、は…っ」

苦しそうにはずされた唇から、かすれた声が漏れた。溶け崩れる寸前のような。

そんな声を出すのか、と思った。体温が上がって、腹の底が熱くなる。腹を立てているのか、欲情しているのか、よくわからなくなる。

下着を下ろすと、侑一の膝がビクッと浮いた。脚を閉じようとするのを、膝を入れて強引にひらかせる。

「あ、や、待てって」

周だって、男の経験はそんなに多くない。でも自分が知っている中で一番いやらしいやり方で、指を動かした。もっと感じてほしい。もっと、剥き出しのこの人が見たい。

「ん、あ、あっ」

強めに扱くと、侑一の息がどんどん上がっていった。眉をひそめて、ぎゅっと目をつぶっている。その目の端が赤かった。周が吸ったせいで、唇も赤い。

「先輩……」

今この人の頭の中には、きっと紗知はいないだろうと思った。たぶん周だけだ。

(もっと)

もっと乱れてくれればいいのに。もっとぐちゃぐちゃになって、もっと俺のことだけ感じてくれればいいのに。

「あ、やだって、密崎…っ」

名前を呼ばれると、体が疼いた。それだけでぞくぞくする。こんなの初めてだ。

「あ、…あっ」

いつも寝起きしている寝室で、侑一の抑えた喘《あえ》ぎ声がしている。触れている箇所に熱がこもって、汗ばんでくる。ぬるりと指が滑った。こぼれてくる滴のぬめりを使って、さらに激しく擦り上げる。喘ぎ声に湿った音が混じる。

「そん、な、するな…っ」

半分涙声だ。そんな声を出すからだ、と思う。苦しそうなのにかまわず指で追い立てて、首筋をきつく吸って痕をつけた。

(この人が)

「先輩……」

「あ、だめ、もうだめだって」

この人が本当に俺のものだったらいいのに。俺のことを好きになってくれて、こうしてるんだったらいいのに。

「……いいですよ、出して」

でもだめだ。告白したって手に入らなかった人だ。こんなことをしたら、もっと遠くなる。

「やだって、密崎……!」

名前を呼ばせて、感じさせて、いかせた。すがるように背中に指を立てられ、聞いたこともない声が耳元で溶けて、頭がくらくらした。

ざああっと豪雨のようにシャワーが降り注ぐ。湯を出しっ放しにしてしばらく立ち尽くしていたことに気づいて、周はシャワーを止めた。

（……吐きそう）

体をつたって流れ落ちる湯が排水溝に消えていく。酷い自分も、格好悪い自分も、一緒に流れていってしまえばいいのに。

バスルームを出て、寝室に入る。侑一はいなかった。カーテンが開いていて、寝室はしらじらと明るい。ここに彼がいたなんて嘘みたいに。

やっぱりもう帰ってしまったかも知れない。さっきだって、周を起こさないようにしていたようだし。

半分諦めながら服を着て、寝室を出た。ＬＤＫに入る。ふわりとコーヒーのいい香りがした。

「――」

コーヒーメーカーに多めのコーヒーができあがっている。フライパンで何かを焼いているおいしそうな音がした。ＩＨヒーターの前で、侑一が振り返った。

「やっと来た」

「……」

「卵、どうするか聞いてなかったからスクランブルにしちゃったよ」

「え、あ…」

反応できないでいる周の前で、侑一は皿にスクランブルエッグとハムソテーを載せた。慣れた手つきだ。ちょうどトースターがチンと鳴る。

「パン、焼けた」

「…あ、俺やります。えーと、先輩、コーヒーにミルクと砂糖は…」

「あー、俺、ミルク多めにしてもらっていい？」

「じゃあ牛乳温めてカフェオレにします」

流されるように、一緒に朝食の支度をした。とりあえず体を動かしていれば、ぎこちなさを感じなくてすむ。

カウンターテーブルに二人分の朝食を並べる。カウンターでよかったと思った。真正面から顔を合わさなくていい。

「俺の分まで作ってもらって、ありがとうございます」

椅子に座って周が言うと、侑一は笑った。

「さすがに一人でさっさと食うわけにいかないだろ」

笑って、受け流す。そういう人だ。でも今日はありがたかった。まだ、一緒にいられる。

もう少しの間は。

　コーヒーを飲むと、気持ちが落ち着いてきた。スクランブルエッグはバターの香りがして、とろりと綺麗な黄色だ。ひと口食べて「おいしい」と呟くと、侑一は「そりゃよかった」とトーストを齧《かじ》った。

「このパン、うまい」

「近くのベーカリーのです。ここ、うまいんですよ」

「ふうん。でもさ、たしかに冷蔵庫にハムも卵もあったけど、あとはビールと炭酸水くらいしかなかったぞ。密崎、どんな食生活送ってるんだよ」

「俺、朝食くらいしか作らないですから。先輩は料理するんですか？」

「うち親がシングルだって言っただろ。家事全般やるよ。今は一人暮らしだし」

「へえ…」

　朝食を作る手際はてきぱきしていたし、口調はいつもと変わりない。頭の中で何を考えているかは、あいかわらずわからない人だった。

「じゃあ外食オンリーなのか」

「外食か、買ってくるかですね。このへん店多いですから」

「それじゃ栄養が偏るだろ」

「そうでもないですよ。最近はヘルシー志向のところも多いし。まあ、パスタやカレーくらいならたまに作りますけど」

「あー、パスタとかカレーが得意だっていう男は信用できないんだよなあ」

大げさにうんざりした口調で言われて、周は吹き出した。

「なんですかそれ」

「それしか作らないし、コスト度外視《どがいし》するからさ。そういうの料理してるって言わない」

「主婦の意見ですか。別に得意だとは言ってないですよ」

声を出して笑ってしまった。侑一も笑う。

キッチンは朝の光がよく入る。今日は晴天のようだ。漂うコーヒーの香り。おいしい朝食。笑い声。なんの冗談かと思う。

思うけれど、自分から壊す勇気は出なかった。

後片付けはやりますと申し出ると、手伝ってくれた。周が洗って、侑一が拭いて棚にしまう。キッチンに並んで立っているなんて、嘘みたいだ。

「でも掃除や洗濯はちゃんとしてるみたいで、偉い」

小学生を誉める先生のような口調で言われた。

「清潔感のない美容師なんて嫌でしょう」

「密崎はすごくしっかり仕事してるよな。やっぱり美容師向いてるんだな」

スポンジを手に、そっと横顔を盗み見る。高校生の時に恋をした人が、今ここにいる。

あの彼も、今の彼も、同じ人だ。胸が波立つ。

「……」

少しの間、沈黙が下りた。沈黙を怖がるみたいに、侑一が口をひらいた。

「あれだろ。密崎は彼女がごはん作ってくれるから、料理しないんだろう」

またか、と苛つく。わざとなのか無意識なのか、いっそ無邪気なくらいの無神経さだ。

「キッチンに人を入れるのは好きじゃないですね。そもそもここにはほとんど人を呼ばないし」

そっけなく言って、最後のコーヒーカップを水切りカゴに入れた。水を止めて手を拭く。

「……そうなんだ」

「キッチンを使うようになると、なしくずしに家の中に相手の物が増えるでしょう。後で面倒なんですよね。今は下で店やってるから、よけいに」

「もてる男の言い草だよなあ」

他人事の顔で、侑一が笑う。

「もったいないな。せっかく綺麗なキッチンなのに。うちより広いよ」

「……じゃあ、先輩が料理してくれますか」

侑一の斜め後ろに立って、肩に両腕を回す。ゆるく抱きしめた。

「先輩なら、いいですよ」

侑一は片手にコーヒーカップ、片手にクロスを持っている。ぴたりと手が止まった。

「仕事が終わったら、買い物してここに帰ってきてください。歯ブラシや下着はそのへんで買えるし、服は貸します。俺、堅いスーツやネクタイはあんまり持ってないけど」

両手が塞がっているのをいいことに、顎に手を添えてこちらを向かせた。口づける。腕の中の体が少しこわばった。

「……ん」

最初は軽く、それから唇を舐めて、舌を差し入れた。あまり深くはしない。お遊び程度に舌をからめた。

腕の中で、ゆっくりと侑一が振り返った。

「……密崎の服じゃ、似合わないだろ」

視線を斜め下に流して、唇に曖昧な笑みを浮かべて、言った。

「今日は自分ちに帰るよ。で、明日、身の回りのもの持って買い物して、戻ってくるから」

「――」

まじまじと見つめてしまった。すぐには言葉が出ない。侑一は周を見て、軽く首を傾げた。

「なに？　やっぱりだめ？」

「……いえ」

こんなに簡単に手に入るのか、と思った。あの頃あんなに欲しくて、でも手に入らなかったのに。

（違うか）

こんな方法でしか、手に入らないのだ。

だって本当は周のものじゃないから。別の人のために生きている人だから。

「待ってます」

ゆっくり両手を離す。薄く笑って、そう答えた。


紗知につきあってくださいと言ったのは、その翌週のことだ。

店は定休日で、周は紗知が入院している病院に足を運んだ。前髪を切る約束になっていた。

「体調はどうですか？」

「今日はだいぶいいです」

挨拶のように体調を訊くのにも、だんだん慣れてきた。

前髪だけなので、カットはあっという間に終わった。三月に入って、今日は少しあたたかい。病室の窓から降りそそぐ陽射しに目をやって、周は言った。

「少し中庭を散歩しませんか。体調が平気そうなら」

「いいんですか？　嬉しい」

紗知は素直に喜ぶ。本当にかわいい子だと思う。心から。侑一が大切に思うのも無理はない。

まだ肌寒いけれど天気がいいので、中庭には散歩をしたり日向ぼっこをしている人がちらほらいた。中央にある大きな銀杏は冬の間に葉を落としている。だけど、よく見ると小さく新芽が出ていた。季節は確実に春に向かっている。

「寒くないですか？」

「大丈夫です」

「ちょっと座りましょうか。何か温かい飲み物を買ってきます」

病院の中にはコーヒーショップがある。陽あたりのいいベンチを選んで、テイクアウトでコーヒーとココアを買ってきた。

紗知は両手でココアのカップを持ち、ひと口飲んでほうっと息を吐いた。

「外で飲むのっておいしいですね。クリスマスマーケットで飲んだココアも、おいしかった。紅茶とブレンドされてるの。ああいうの、初めて飲みました」

「ティーココアですね」

「クリスマスマーケットも初めてで……楽しかったなあ」

遠い思い出を語るような顔をしている。温かい飲み物を飲んだせいか、鼻の頭が少し赤くなっていた。

「密崎さんは私に、初めてをたくさんくれます」

「……うちの店の近くに、桜が綺麗な公園があるんですよ」

脚を組んだ周は、隣の紗知に微笑みかけた。

「春になって桜が咲いたら、遊びに行きませんか。桜の下でお茶をしたら、きっと楽しいですよ」

優しい言葉も甘い笑顔も、台本に書かれたように演じることができる。そういう自分を、嫌いだと思った。心底。

「……密崎さんは」

瞬きをして周を見つめてから、紗知は目を伏せた。ひとり言のような声音で言う。

「どうして私に優しくしてくれるんですか?」

「……」

周は目の前の建物に目を向けた。いくつかの棟に分かれた大きな病院で、侑一がどこにいるかはわからない。この中庭は中央ロビーに面しているけれど、侑一が通りかかることはあるだろうか。自分と紗知を見たら、どう思うだろう。

(……どうもこうもないか)

侑一は喜ぶだろう。紗知の笑顔だけが、彼の望みなんだから。

「俺ね、紗知さんと一緒にいると、ほっとするんです」

笑みを作って、言った。それは本当だ。侑一と一緒にいる時みたいに心がざわつくことはない。紗知はとてもいい子で、何を考えているかわからないということもない。

「でも、自分の嫌なところが目について、落ち込みます」

「そんな」

紗知はぱっと顔を上げた。

「そんなことないです。密崎さんはすごく優しいし、お仕事ちゃんとしてるし」

体ごと周の方を向いて、一生懸命に言う。周は微笑んだ。

「仕事をしてるからって、いい人とは限らないでしょう」

「でも」

「だけど紗知さんといると、少しはましな人間になれる気がします」

組んでいた脚を下ろす。コーヒーをベンチに置いて、周は紗知を見た。

「俺は紗知さんに元気になってほしい。元気になって、笑ってほしい。そのために俺にできることがあるならしたい。だから」

嘘じゃなかった。

元気になってほしい。笑ってほしい。嘘じゃない。

でも。

紗知のまっすぐな瞳が周を糾弾する。思わず目を伏せた。声が喉にからみついた。

「だから……俺とつきあってくれませんか」

「……」

反応がない。目を上げると、紗知は瞬きも忘れたような顔をしていた。驚いているというよりも、空白だ。

少しして、くしゃりと顔を歪める。泣き出しそうな顔になった。

「どうして？　私なんて……」

呟いて、うつむく。肩にかけていたストールの端をぎゅっと握った。

「密崎さん、人気の美容師さんなんですよね。密崎さんの周りには綺麗な子もかわいい子もたくさんいるんでしょう？　わ、私なんて」

ストールを握る指先も、声も震えていた。

「私なんて、病気で……いつ具合が悪くなるかわからないのに。外にも自由に行けないし、退院だっていつできるか……も――もしかしたら」

「だめだ」

周はとっさに紗知の肩をつかんだ。紗知がはっとしたように顔を上げた。

「そんなこと考えちゃだめだ。せ…」

先輩が悲しむ。

「……っ」

言葉を呑んで、唇を噛んだ。

人間なんて、結局こんなものなんだろうか。自分と、自分の大切な人のしあわせしか願えない。

（それとも俺が酷い人間だからか）

「密崎さん？」

肩をつかむ手に力が入ってしまっていた。手を放して、許しを請うように顔を伏せた。

「……俺のこと、嫌いですか」

卑怯《ひきょう》だとわかっていて、言った。顔を上げて、じっと見つめる。

「そんな」

紗知はかあっと赤くなった。

顔を逸らしてしまう。車椅子に乗った人とそれを押す人が近づいてきた。ベンチの前を通り過ぎていく間、無言になった。

近くに人がいなくなってから、小さく消え入りそうな声で、紗知は言った。

「……好きです」

ここが病院じゃなかったら、抱きしめるのが正解なんだろう。かわりに、膝に置かれていた紗知の手を握った。

「じゃあ、明日俺と会うために、今日を生きてくれませんか」

微笑って、言った。台本に書かれているみたいに、綺麗なセリフを。

「店があるから毎日は来られないけど……でも定休日にはお見舞いに来ます。体調がよかったらデートしよう。紗知さんの行きたいところに行くし、こうやって散歩するだけでもいい」

「デート……」

小さく紗知が呟く。頬は薔薇色で、瞳に光が入って輝いている。

本当にこれでいいのか、よくわからなかった。だけどもう引き返せない。心の中と裏腹に、言葉はなめらかに滑り出てくる。

「それで、小さな約束をしよう。桜を見ようとか、今度何をしようとか、小さくて、すぐに叶えられそうな」

紗知がまっすぐに見つめてくる。その瞳があんまり綺麗で、眩《まぶ》しくて、微笑うふりで目を細めた。

「そうやって小さな約束を叶えていけば、きっとすぐに退院できますよ」

「密崎さん……」

「今年のクリスマスは、俺と過ごしてくれませんか」

王子様のふりをして、王子様みたいなセリフを言った。

心はこんなに汚いのに。

きっと地獄に落ちる。


その週の金曜日、カウンターで閉店作業をしていると、パソコンの横に置いていたスマートフォンがポンとメッセージを受信した。侑一だ。

『牛と豚と鶏、どれがいい？』

高校の時から、侑一から来るメッセージは簡潔だった。顔文字は使わないが、スタンプはわりと使う。楽だからだろう。

任せます、と周も短く返した。

先週も、侑一は金曜日の夜に大きめのバッグを持って周の部屋に来て、週末を過ごしていった。周は土日は仕事だが、昼の間にタオルやシーツを洗ってくれたり、買い物をしておかずを作り置きしてくれたりした。ランチは一緒に食べた。夜も一緒に食事して、同じベッドで眠った。

けれど日曜の夜には、侑一は自分の部屋に帰ってしまった。「ずっといてくれるんじゃないんですか」と訊くと、「スーツ持って来るの大変だろ」と笑った。

紗知と会ったことは、きっと耳に入っているだろう。つきあうことになったことは知っているだろうか。毎日のように会っているんだし、紗知の性格を考えると隠せそうにないけれど。

「今日は鶏な。安かったから。あとミネストローネと。密崎、セロリ平気？」

スーパーの袋を下げて夜に来た侑一は、紗知のことは何も口にしなかった。ごく普通の顔で夕食の準備をしている。胸の底がチリチリする。

「平気です」

「好き嫌いなくて、偉い」

「子供じゃないんですから」

何を考えているのかわからないところも、何も考えていない顔をするところも、本当に腹が立つ。自分はどうしてこの人のことを好きなのかと思う。

「――この間、紗知さんにつきあってほしいって言いました」

結局、食後に後片付けをしている時に、自分から言った。周が洗って侑一が拭いてしまうのが、もう習慣になっていた。

「ＯＫしてくれましたよ。これでいいんでしょう？」

「……」

手を拭いて、侑一の方を向く。彼の手からクロスと食器を取り上げ、片付けた。

「これで、あなたの望み通りです」

「……うん」

侑一はゆっくりと周と向き合った。

「紗知、嬉しそうだったよ」

呟く声は平坦で、周の顔を見ない。

「じゃあ、今度は俺のお願いをきいてくれますか」

「……いいよ」

両肩に手をおいて、顔を近づけた。引き寄せることも抱きしめることもしなかったけれど、侑一は動かなかった。

唇を近づける。好きです、と言いたかった。

でも言えなかった。

自分には言う資格がない。


「密崎っ……――」

こんなふうにしている時だけが、この人をかき乱せる唯一の時なんじゃないかと思う。

「な、んで、俺ばっかかさわるんだよ…ッ」

寝室で、枕元のライトだけつけていた。だけど本を読める明るさだから、ベッドの中にいるだけなら充分だ。侑一の顔も、体も、全部見える。

周はまだ下着をつけていたけれど、侑一の服は全部脱がせていた。日焼けをしていない肌だ。厚着の季節のせいか、脱がすと意外に細い。でも体はやわらかくて、なめらかな肌だった。

「先輩はさわらなくていいですから」

先にシャワーを浴びたいと言うので、そうしてもらった。肌に顔を寄せると、周と同じボディシャンプーの香りがする。

もっと全部、俺の匂いになってくれたらいいのにと思う。そうやって、週末の夜以外もこの人の体に自分を残せればいいのに。

「だからなんで…っ」

脚の間に膝を入れてひらかせて、侑一の性器に指をからめた。彼が周の体に手を伸ばそうとするのを、手首を握って拒む。

「その方が自分に言い訳できるでしょう?」

半分本当で、半分は嘘だ。本当は、侑一の顔を見ていたいから。余裕のなくなる自分の顔を見られたくないから。

「っ、……ん、んっ」

頬に血が上って、苦しそうに眉をひそめている。噛み締めた唇も赤い。

あまり感情の起伏がない人だから、こんな顔は普段の姿からは想像がつかない。周の部屋の周のベッドの中で、侑一が追いつめられたように喘いでいる。ぞくぞくした。

「あ、やだって、そういうの…っ」

筒にした手で扱きながら、先端を指先でいじってみた。侑一は首を振って嫌がる。

(嫌なくせに)

こんなに嫌がっているくせに。なのに、我慢している。紗知のために。

(そんなに)

ふいに目頭が熱くなって、あわてて目を伏せて瞬きした。

(そんなに、彼女のことが)

気が緩むと涙が出そうだ。奥歯を噛み締めて、なんでもない、慣れたふりを装う。この人にとって、自分はなんだろう。弱みにつけこんで人を弄ぶ悪役か。

「そういうのってどういうのですか？　どうしたらいいですか」

「この…っ、Sかよ…っ」

「Sなんて言われたことないな」

心外ぶった、余裕そうな声を出してみせた。

「優しいって言われるんですが」

「もう……っ」

喘ぐ口をキスで塞いで、執拗なくらいに舌をからめる。唇を離すと、唾液が糸を引いた。首筋に顔を埋めると、体温が上がったせいか、ボディソープの香りに混じって彼の体臭を感じた。

「ん、あぁっ」

最初にさわった時は、侑一は必死に声を抑えていた。今は蛇口《じゃぐち》からこぼれる滴のように、あるいは細い流れのように、絶え間なく声が漏れてくる。もっとあふれてくればいいのに、と思う。

もっと、が次から次へと出てくる。セックスなんて何度もしたのに、こんなのは初めてだ。

「あ、やっ」

強弱をつけて扱いたり、指先で先端を刺激したりしていると、少しずつ体液がこぼれてきた。でも、まだ足りない。

「……先輩」

周は上体を起こして膝立ちになった。侑一の膝裏に手を入れて、さらに大きくひらかせる。侑一は真っ赤になって腕で顔を隠した。

「今日は……入れたい、です」

顔を寄せて囁くと、膝も性器も、びくりと震えた。

「練習、しておいてくれました？」

腕をつかんで、顔を覗き込む。怒ったような、泣き出しそうな顔をして、侑一はそっぽを向いた。

「…んなの、できるわけないだろ…っ」

「した方がつらくないからって言ったじゃないですか」

「…っ」

手を奥に滑らせる。侑一の膝が大きく跳ねた。ぎゅっと目をつぶる。

「密崎っ…！」

名前を呼ぶのは逆効果だ。周はちらりと唇を舐めた。

「先輩」

「……密崎が……して」

赤くなった頬をシーツに押しつけるようにして、侑一は言った。恥ずかしそうな、消え入るような声で。

（……くそ）

顔が赤いのも目が潤んでいるのも、刺激して感じさせているからだ。そう思うのに、頭に血が上る。今までこんなふうにセックスで我を忘れそうになったことはなかった。

ローションは用意していた。ベッドサイドの棚に入れていたそれを取り出して、手にたらす。手のひらにたっぷりとためてから、もう一度侑一の性器に手を伸ばした。

「…っ」

侑一が驚いたように目を開けた。

「つ、めた……なに」

「すみません。すぐに馴染むと思うんで」

ぬるついた液体を塗り広げる。格段に手が滑りやすくなった。キュッキュッときつめに扱くと、侑一の腰が跳ねて、声も跳ねた。

「や、っ…だ、それ」

「嫌ですか?」

「ぬ…るぬる、する…っ」

「だからいいんじゃないですか」

「あ、あっ」

手を動かすスピードを速めると、侑一の呼吸も速くなった。嫌がっている。でも、感じている顔だ。

別に顔が好きなわけじゃない。そう思っていた。だけどひそめた眉も、訴えるような目も、かすれた声も声を漏らす唇も、全部が周をかき立てる。今までつきあったどんな美人より、ずっと。

（俺、頭がおかしいのかな）

どうだっていい。今はこの人は、俺のものだ。

本当に手に入ったわけじゃないけれど。

「…っ！」

いったん手を放して、ローションを足す。さらに奥に指を伸ばすと、侑一は体全体をびくりと震わせた。

「あ――」

「慣らさないと無理ですから」

指の腹で探る。男相手はひさしぶりだった。女の子みたいに簡単じゃない。傷つけないよう、慎重に指先を潜り込ませた。

「…っ…」

「力抜いてください」

侑一は怯えたように息をつめている。固く体がこわばっていた。

「いっ、…密、崎…っ」

「痛いですか？」

目も口もぎゅっと閉じて、耐える顔だ。酷いことはしたくなかった。せめて体には。

「お願い、力抜いて」

囁くように言って、あちこちにキスを落とした。

「…っ」

ローションを足しながら、ゆっくり時間をかけて指を進める。合間にたくさんキスをした。少しずつ、体のこわばりがゆるんできた。呼吸に余裕が出てくる。指を増やすと、湿った音が静かな寝室に響いた。

「……っ、あ」

どうにか二本の指が入った。ゆっくりと引いたり、押し入れたりする。侑一はまだ顔をしかめている。でも、潤んだ目の端に、開いた唇から洩れる息に、苦しさだけじゃない艶が混じっているのがわかる。

「あ」

指を全部引き抜くと、侑一が目を開けて周を見た。

「――入れます」

セックスなんてたいしたことじゃない。したからって相手が自分のものになるわけじゃないし、自分が相手のものになるわけでもない。

そう思っていたのに。

「あ――」

この人が欲しかった。どうしても。

一度は諦めたのに。絶対に手に入らない人だと思っていたのに。

目の前にぶらさげられたら、目が眩んだ。自分がそんなふうになりふりかまわなくなるなんて、思ってもみなかった。

「橘、先輩…っ」

ぐっと突き入れる。挿入にはたしかに快感がある。でも、苦しさもあった。こちらの全部を持っていかれそうな気がする。

「……先輩、……きです」

苦しくて、目を伏せた。閉じ込めておかなくちゃいけない言葉がこぼれそうになる。

「み、密崎…っ」

涙で潤んだ瞳が周を見る。苦しそうに喘ぐ唇が名前を呼ぶ。すがるものを探すように、周の腕に指を立てた。

「先輩、お願いだから」

その手をつかんで、自分の首に回した。目を閉じて顔を伏せる。

「あ、うあ……ッ」

お願いだ。お願いだから。

もっと自分を見てくれないだろうか。王子様じゃなくて、無様で、格好悪くて、なりふ

りかまっていられない、今ここにいる自分を見てくれないだろうか。

あの頃みたいに。

「密崎……っ――」

そうできなくしたのは自分だって、わかってはいたけれど。

熱くて痛いほどにきつい体は、それでも動かしているうちに馴染んでからみついてきた。快楽に頭が痺れて、勝手に体が動く。侑一の両腕がしがみついてくる。指を立てられた背中が軋《きし》んだ。だんだんひらいていく体は、それでも奥の奥では周を拒んでいる気がした。

もっと、と思った。こんな自分が嫌なのに、もっとしたくなる。もっと欲しくなる。おんなじように、この人が快楽に溺れてくれたらいいのに。

「先輩……」

抱きしめて、首筋に顔を埋める。せめて痕を残したくて、見えるか見えないかぎりぎりのところに、傷をつけるように口づけた。

■

手に入れれば、気がすむんじゃないかと思っていた。

これまではそうだった。初めての時は、誰が相手だって新鮮だ。相手をもっと知りたくて、もっと近づきたくて、どんどん分け入っていきたくなる。誰にも見せない顔を見て、誰とでもするわけじゃないことをして、手に入れたような気持ちになる。

二回目からは、少し余裕が出てくる。相手の反応を探って、喜ばせることができる。自分の体がどうなるのかもわかってきて、一緒に楽しむことができる。だけどちょっと、面倒なことも増えてくる。

そうして回数を重ねると、だんだん重たくなってくるのだ。手に入れたものが重くて、投げ出したくなる。面倒なことばかりが増えて、逃げたくなる。

きっと自分は薄情なんだろう。世の中の人みたいに、恋や愛に夢中になれない。欠陥品なのかもしれない。

たぶん初恋だって似たようなものだ。手に入らなかったから執着しているだけ。手に入れてしまえば、満足する。満足して、そのうち飽きる。そうすればこの人を解放してあげられる。

そう思っていたのに。

「ッ、密崎、もう…っ」

焦っているのと怒っているのが混じった声を出して、侑一は周の腕をつかんだ。

「なんですか」

周は舌を出して唇を舐めた。こういう反応をするから、と思う。もっとしたくなるじゃないか。

「俺ばっか……やだって言ってるだろ…っ」

何回しても、またしたくなる。全然足りていない気がする。

「だから？」

ベッドの上に座って、後ろから拘束するように侑一の体を抱きしめていた。脚をからめてひらかせて、剥き出しにした性器を愛撫している。侑一はもどかしそうに首を振った。

「俺にも、さ、…せろ…っ」

「俺にさわりたいんですか？」

「…ッ」

侑一は言葉を詰まらせる。赤くなった耳に口づけて、軽く歯を立てた。

「んっ」

小さな刺激でもびくりと反応する。普段はつかみどころのない人だけど、知らなかった顔が覗く。制服やスーツで身を固めていた時には見せてもらえなかったものが、無理にひらかせた隙間からこぼれてくる。

「おまえも……た、ってる、だろ…っ」

「そりゃ勃ちますよ。入れたいですもん」

「…っ、だから…っ」

「じゃあ、ちゃんと言ってください」

顎をつかんでこちらを向かせて、少し苦しい体勢でキスをした。口づけて、ひらかせて、もっと奥まで暴きたくなる。剥き出しにしたくなる。

「口に出して言ってくれたら、さわっていいですよ」

涙で潤んだ目で、侑一は周を睨んだ。

「……最低…っ」

最低だと、自分でも思う。こんなこと、きっと長くは続けられない。そのうち地獄に落ちる。

店の定休日に紗知の見舞いに行って、週末は侑一と過ごす。そんな日々が続いていた。こんな二重生活みたいなことはしたことがない。二股だってかけたこともないし。

まるでブランコみたいだった。紗知を大切に思ったそのすぐ後に、侑一に会って彼を好きにする。心が両極端に揺れて、振り切って、耐えられなくなりそうだ。そのうちきっと、落下する。

「彼女をもっとしあわせにしたら、もっとしてもいいですか」

訊くと、侑一は「いいよ」と答える。周から目を逸らして。

なんなんだ、この人、と思った。馬鹿なのか。それとも聖人か。

いい人なんて、馬鹿ばっかだ。その馬鹿で美しい心が、汚れたこちらの心を抉るのだ。

(死にそう…)

紗知も侑一も、周には綺麗すぎる。綺麗な人たちに触れれば触れるほど自分の醜《みにく》さがあらわになって、死にたくなりそうだ。

そうやって、三月は終わっていった。

気温が上がって春めいてくると、呼応するように紗知の病状がよくなっていった。別に恋のせいじゃない。侑一に聞いた話では、新しく使い始めた薬が効いているらしい。会うたびごとに顔色がよくなって、笑顔が増えていった。

「先生がね、このまま体調がよければ、お花見に行ってもいいって」

「本当？　それはよかった」

「密崎さんがこの間言ってた桜、連れてってくれる？」

もちろん、と周は笑った。

紗知の病状がよくなるのは嬉しい。笑ってくれるのは、本当に嬉しいと思う。

でも、恋じゃなかった。会いたくて焦がれたり、顔を見たとたんに心が浮き立ったりはしない。

紗知に会うたびに、彼女が嬉しそうにするたびに、罪悪感が募っていった。もうこんなことはやめた方がいいんじゃないか。彼女の傷が浅いうちに、終わりにするべきなんじゃないか。

でも、侑一に会うとだめだった。簡単にだめになった。触れられる。キスをすることができる。恋人同士みたいに一緒にいられる。

目が眩んだ。もう少しだけ。あと一回だけと言い訳をして、ずぶずぶと泥沼にはまっていった。

四月に入って桜が咲くと、世間は一気に春になった。紗知の病状は安定していて、外出許可も無事に下りた。

「……どうして先輩が来るんですか」

せっかくだからまたヘアアレンジをしないかと提案したのは周だ。母親が車で送ってくることになっていて、周は定休日の店で待っていた。

「いや、お母さんが来られなくなっちゃってさ、俺がかわりに」

紗知と一緒にオルタンシアのドアを開けたのは、侑一だった。今日はスーツを着ていない。この上のマンションの部屋で、日曜の夜に別れたばかりだ。そんなことはおくびにも出さずに、生意気な後輩の顔で言った。

「先輩はお父さんですか」

「せめてお兄さんって言えよ」

軽口を叩いてから、紗知を振り返る。今日の紗知は、白いセーターにペールブルーのフレアスカート、上にベージュのスプリングコートを着ていた。明るい春らしい装いだ。にこにこしていて、体調もよさそうに見える。

「春の空みたいなスカートだね」

周はにこりと笑った。侑一が口を挟む。

「今日のために買ったんだよな。黒のワンピースも気に入ってるけど、桜を見にいくんだから明るい色がいいって」

「もう、わざわざ言わなくていいから」

紗知は拗ねた顔で侑一を叩くふりをする。仲のいいカップルか兄妹みたいだ。この二人を見たら、誰だってそう思って微笑ましくなるだろう。

「じゃあ、髪の方も春らしく軽めにしようか」

紗知を鏡の前に座らせる。後ろに立って、腕を組んで考えた。

「でもカラーはできないし、カットも時間がかかるから……どうしようかな」

すると、パーティションの近くに立っている侑一が口を挟んできた。

「『ローマの休日』みたいなシチュエーションだな」

「オードリー・ヘプバーンですか?」

「そうそう。観たことあるだろ?」

「粗筋《あらすじ》は知ってるけど、観たことはないです」

「嘘だろ。美容師は観なくちゃだめだよ」

楽しそうに言って、侑一はこちらに近づいてきた。

「ローマにやって来た王女様が、お忍びで街に出て髪を切るだろ。えーと、こんな感じ」

スマートフォンで検索して画像を見せてくる。世界中の人が知っている有名な女優の写真だ。短い髪に手をやって、美しい笑顔を見せている。

「でも、こういう短いバングは紗知さんには似合いませんよ」

「別にこんなに短くしなくてもいいとは思うけど。がらっとイメチェンするのがいいんだよ」

「……先輩はこういう女性が好みなんですか？」

「え」

流れでさらっと訊くと、侑一は目を瞬かせた。

「べ、別に俺の好みがどうとかじゃなくて」

「ふうん」

「紗知も好きだろ？『ローマの休日』」

鏡の中で紗知が頷く。

「うん。女の子はみんな憧れると思う」

「でもあれって…」

新聞記者とは結ばれずに、最後は王女の立場に戻るんじゃなかったっけ。思ったけど、言わなかった。周は鏡に向き直り、コームを手にした。

「わかりました。カットはせずに、ちょっと活発な感じにしましょうか」

紗知は今はボブヘアだ。前髪は下ろしたままにして、三つ編みと細かい編み込みを組み合わせて、ピンでとめてショートっぽくまとめた。もともとしていたナチュラルメイクに、明るめのリップとチークを足す。

「密崎ってほんと器用だなあ」

「もう一度画像を見せてください」

侑一のスマートフォンで画像を確かめる。少し待ってくれるよう二人に言って、上のマンションの部屋に行って戻ってきた。

「スカーフは持ってないけど、これで」

『ローマの休日』の王女は首にプチスカーフを巻いていた。代わりにバンダナを折って、紗知の首に結ぶ。

「わ…」

紗知は頬を上気させて鏡の中の自分を見た。服は変わらなくても、髪型とメイク、首に巻いたバンダナで、がらりとイメージが変わっている。

「お気に召しましたか、王女様」

目を合わせて微笑むと、紗知の瞳が輝いた。ちくりと胸が痛む。

「じゃあ、行きましょうか」

桜の咲く公園までは、歩いて十分ほどだ。途中でカフェに寄って、温かい飲み物と焼き菓子をテイクアウトした。

住宅街の中のごく普通の公園だ。春にはたくさんの桜が見事に咲くけれど、名所というわけではないし、昼間の今は花見の酔客もいない。近所の人がのんびりベンチに座っていたり、家族連れが芝生の上でピクニックをしたりしていた。

桜は満開を過ぎて、今は散り時だ。風が吹くとひらひらと、雪みたいに降ってくる。

「綺麗……」

紗知はうっとりと桜を見上げた。

侑一はビデオカメラを構えて、そんな紗知の姿を撮ったり、桜を撮ったりしている。紗知は桜の木の下に駆け寄って、侑を振り返った。

「ここでピクニックしたい」

「ここで？　冷えないかな。あっちにベンチがあるよ」

春は案外寒いものだ。陽あたりのいいベンチを指差したが、紗知は首を振った。

「私ね、桜の下でピクニックするのが夢だったの。ゆうちゃんにお願いしてシート持ってきてもらったんだ」

　少しだけだからなと言って、侑一は木の根元にレジャーシートを敷き、さらにウールのブランケットを重ねた。

「二人で座れよ。俺はそのへんを撮ってるから」

　侑一はまるで見合いのお膳立《ぜんだ》てをしている世話人みたいだ。ひそかにため息をこぼして、周は紗知と一緒にブランケットに座った。

　木の下から見上げると、青空とピンクの桜が美しいコントラストを作っている。花びらがくるくると踊りながら降ってきて、髪や服、シートに落ちる。

「私、ちゃんとお花見するのって初めて」

　ミルクティーのカップを両手で持って、紗知が言った。

「桜が咲く頃って季節の変わり目だから、体調がよくないことが多くて……子供の頃は喘息だったし、あんまり長く外にいるのもだめって言われて」

「そう…」

「だから今日、また夢が叶っちゃった」

　ふふ、と花が咲きこぼれるように紗知は笑う。その肩にも、編んでまとめた髪にも、桜が舞い落ちる。

「今、すごくしあわせ」

笑う紗知に、どうしようもなく胸が痛んだ。

「お弁当持って来たかったなあ」

「じゃあ来年は、お弁当持って来ようか」

胸が痛んでも、喜ばせられそうなセリフはするすると出てくる。そんな自分に内心で吐き気がした。

でも、もう少しだけ。あと少しの間だけ。紗知が元気になったら——このままよくなって、退院できたら。せめて、手術を受けられるようになったら。

そうしたら、こんなことはもうやめる。なるべく傷つけないように紗知から離れて、侑一にもう会わない。自分の恋心なんて、ゴミみたいに捨てる。

だからもう少しだけ——

「紗知さんって料理するの？」

「え。……ごめんなさい。簡単なものしかできないかも」

ははは、と周は笑った。

「俺も。パスタやカレーしか作らないって言ったら、先輩にそういうのは料理してるって言わないって怒られたよ」

「ゆうちゃん、料理上手だもんね。なんでもできちゃうんだ」

「ミネストローネとか、絶品《ぜっぴん》だった」

「ゆうちゃんが作ったミネストローネを食べたの？」

ちょっと意外そうに紗知が言った。

「ああ、うん。この間うちに来て……」

周はちらりと目だけで侑一を探した。少し離れた桜の下に立って、カメラを頭上に向けている。

「飲みに来たんだ」

「仲がいいんだね。いいなあ。ゆうちゃんがうらやましい」

紗知さんも来る？　とは言えなかった。

言葉が途切れたところに、ざあああっと強い風が吹いた。散りかけの桜を無慈悲に、美しく散らす。

風に散らされた花びらがいっせいに宙を舞う。視界も、意識も、青い空と桜吹雪でいっぱいになる。

「うわあ…」

言葉にならない様子で、紗知がため息をこぼした。

桜が人の心を掴むのは、こんなふうに強い力に抵抗できずに散らされるのに、それが美しく、潔く目に映るからだ。最後がこんなふうなら、悪くないかもしれない。

風が吹く。桜が散る。冷たくはないけれど激しくて、いろんなものを一気に塗りかえていくような風だ。紗知が髪を押さえて顔を伏せた。

「――……」

視線を感じて、周は振り返った。

侑一のカメラがこちらを向いていた。

たぶん桜を撮っている。桜と、紗知を。

でも、周を見ているような気がする。

レンズ越しに、目が合った。いや、そんな気がするだけだ。自意識過剰だ。でも視線が離せない。あの目が周を見ている気がする。視線で、繋がっている気がする。

「きゃ…っ」

紗知の小さな声で、我に返った。

「バンダナが」

周が巻いたバンダナがほどけて、風に飛ばされていた。周はとっさに立ち上がり、靴も履かずに追いかけた。

無数の花びらの中をバンダナが舞う。少し離れたところで、空中でつかまえた。

息をついて顔を上げると、侑一のカメラが周を追っていた。レンズがまっすぐにこちらを見ている。

風が吹く。周のジャケットをはためかせ、髪を乱す。目を伏せて片手で髪を押さえ、かき上げて、レンズを見た。

レンズの向こうの、侑一の目を見た。

あの日、天使の梯子が降りてきた海で見つめた時と、同じように。

この人が好きだ。

「――」

でも、どうせ届かない。

想えば想うほど、触れれば触れるほど、離れていくだけだ。

「密崎さん、靴下、汚れちゃう」

紗知があわてて周のローファーを持ってやってきた。

「ごめんなさい。ありがとう」

「いや、俺の結び方が悪かったかも。それより寒くない？　もう帰ろうか」

「えっ、やだ。寒くないよ。まだ帰りたくない」

「公園から帰りたくない子供みたいだな」

周は笑った。ひどい、と拗ねた顔をしてから、紗知も笑う。

その様子を侑一のカメラが撮っているのがわかった。けれどもう、振り返らなかった。

その週の金曜日の夜も、侑一は周の部屋に来た。なんでもない顔をして。

「今日はハンバーグな。たくさん作って冷凍するから、密崎も手伝えよ」

スーパーのレジ袋からごろごろと玉ねぎが出てくる。周もなんでもない顔で返した。

「俺、料理上手くないですよ」

「密崎は器用だから、やればできるよ」

一緒にキッチンに立って、侑一の指示で野菜を洗ったり切ったりする。玉ねぎのみじん切りに周が涙を滲ませると、侑一は笑った。

「やった。これやらせて、密崎が泣くところが見たかったんだ」

「なんですかそれ。これ、泣くうちに入らないでしょ」

「あー、カメラ回せばよかった」

「趣味悪いなあ」

一人暮らしを始めてからは、誰かと並んでキッチンに立つことなんてなかった。侑一に教わりながら、野菜を切る。侑一は隣でタネをこねている。どうでもいいことを言いあって、笑う。このまま、と思った。

このまま、こんなふうに。

でもそんなこと、思ってもいけない。

「ハンバーグはこねる時に氷を入れるのがコツなんだよ」

「氷？　なんでですか？」

「手の温度で肉の脂が溶けるとジューシーさがなくなっちゃうから、氷で冷やしながらこねるんだ。あと、中に氷を入れたまま焼くと、蒸し焼きになってふっくらする」

「べちゃべちゃになりませんか」

「まあ見てろって」

フライパンを温めて、タネを焼く。ジュウウッとおいしそうな音がする。きれいな焼き色がつき、ふっくらとボリュームのあるハンバーグが出来上がった。

侑一が手早くサラダとスープを作って、リビングのローテーブルに並べた。夕食はカウンターではなくローテーブルに並べて、向かいあって座る。そんなふうにいつのまにかルールができた。

「——うまい」

ハンバーグをひと口食べて周が言うと、「だろ」と侑一が得意げな顔で笑った。

「え、これめちゃくちゃおいしいですよ」

「外食もいいけどさ、うちで作って出来立てを食べるって、やっぱりいいよな」

「ですね」

「焼いたの冷凍しておくからさ、平日もちゃんと食事しろよ」

「……先輩が」

つい本音がこぼれそうになった。この人がずっといてくれたらいいのに。

「え？」

侑一が顔を上げる。口角を上げて笑って、目を逸らした。

「なんでもないです」

風呂から上がると、先にバスルームを使った侑一がソファに座って膝の上でノートパソコンをひらいていた。彼は最近、週末に来る時にノートパソコンを持ってくる。写真の整理や動画の編集をしているらしい。

周がキッチンに入って冷蔵庫を開けても、画面から目を上げない。こういうことをしている時は集中する人だ。黙ってソファの後ろに立ち、覗き込んだ。

花見に行った時のビデオだった。青空と桜の下、周と紗知がブランケットに座っている。カフェのカップを手に、何か会話をしている。笑いあっている。

アングルは固定したまま、ゆっくりとカメラがズームになっていった。はにかんで笑う紗知は少女みたいだ。頬が桜と同じ色に染まっている。その髪にはらはらと桜が降る。カメラは隣の周に移った。紗知を見つめている。唇には笑みが浮かんでいる。

「――アップはやめてくださいよ」

「わっ」

急に声をかけると、侑一は驚いた顔で振り返った。

「先輩は直に見ないくせにレンズで見てるから、油断も隙もない」

ソファの前に回り、侑一の隣に座る。缶ビールのプルトップを開けた。

「密崎は絵になるからさ、フレームに収めたくなるんだよ」

侑一はパソコンに顔を戻した。優しい瞳は、大事な妹を見守る兄みたいだ。

「近くを女子高生のグループが通りかかったんだけどさ、素敵なカップルだって騒いでたよ。密崎のこと、王子様みたいって。彼女がうらやましいって」

「あなたの頭の中じゃ、俺は女たらしの王子様なんでしょう」

わざと自虐的に、そっけなく言い捨てる。脚を組んでごくごくとビールを呷った。侑一はばつが悪そうな顔になる。

「そんなこと……思ってない」

周は横目でノートパソコンの画面を見た。アップになった自分の顔は、まるで役者みたいだ。彼女を見つめる優しい彼氏。これも自分なのかもしれないけど、でも自分じゃない。

「密崎は紗知と一緒にいる時、本当に優しい顔をしてるよ」

フォローのつもりなのかなんなのか、侑一が言った。

「俺には意地悪なのにな」

「……は」

周は唇を歪めた。半笑いになった。

「嫉妬してるんですか？」

本気で言ったわけじゃない。ちょっとからかって、意地悪を言って、反応を見たかっただけだ。

「…っ」

なのに侑一は、カッと頬に血の色を上らせた。

（まさか）

そんなはずはない。この状況で。この期に及んで。

「……嫉妬なんて」

画面からも周からも顔を背けて、侑一は小さく呟いた。

「俺にする資格、ないだろ」

どんな顔で言ったのかわからない。でも、耳たぶがかすかに赤くなっているのが見えた。

資格がない、じゃなくて。嫉妬なんてするわけがない。そう言ってくれたらよかったのに。

（——くそ）

その時湧き上がってきた感情は、ほとんど怒りだった。頭に血が上る。全部ぐちゃぐちゃにしたくなる。今すぐこの人をどうにかしてしまいたい。

ビールをごくりと呷って、缶をテーブルに置いた。侑一の膝の上のノートパソコンを取り上げ、それもテーブルに置いた。

「え」

驚いた顔をしている侑一の脚をまたいで膝立ちになり、Tシャツの胸ぐらをつかんだ。乱暴に口づける。

「…ッ」

不意打ちをくらっている口の中に舌を入れて、強引に彼の舌にからめた。

「んっ、……ふ、っ」

侑一の両手が周の胸を押す。でも、形ばかりだ。荒っぽく唇を合わせて唾液をからめると、応えるように舌が動く。少し唇がはずれた隙に、喘ぐように息をした。

「ま、待て、って」

Tシャツをまくり上げて中に手を差し入れると、びくりと体を引いた。でもソファの背と周の体に挟まれて、身動きができない。それをいいことに、好き勝手に撫で回して首筋に舌を這わせた。

「ちょっと……密崎！」

「もう風呂もすませたんだから、いいでしょ」

「こ、んな、ところで…っ」

「誰も見てないですよ」

「……っ」

侑一はきゅっと唇を噛みしめる。いつもより明るいから、いつもより赤くなっている目の端や、震える唇がよく見えた。

「……オ……」

キスで濡れた唇から、声が漏れた。

「え？」

「ビデオ……っ」

周はテーブルの方に目を走らせた。

ノートパソコンの画面には、まだ花見の時の動画が再生されていた。青空の下、桜が舞い散る美しい景色の中で、紗知が笑っている。

腹が立って、悲しくなった。どうにかしたい。どうにもならない。

「っ、密崎……っ！」

紗知に微笑む自分の顔から目を逸らして、周は侑一の両肩をソファに押さえつけた。唇を押しつける。

「ん、や…っ」

口腔内を舐め回しながら、手を胸から下腹部に下ろした。侑一は自分で持ってきた部屋着を着ている。スウェットの上から股間をまさぐって、少し力をこめて握った。

「いっ…」

肩と膝がびくりと跳ね上がった。

「やめろ…っ…！」

抵抗を無視して、下着の中に手を差し入れる。まだ縮こまっていた性器に指を這わせた。

「密崎…っ！」

本気で嫌がっている声だ。わかっていて、わざと酷いやり方で煽った。指をからめて優しく愛撫したり、少し痛いくらいに扱いたり。スウェットのプルオーバーを乱暴に脱がせて、首筋や胸に舌を這わせる。乳首に歯を立てて、赤くなったそこを舐めて吸った。

「や、嫌だ、って……！」

侑一は顔を赤らめて首を振る。だけど感じるやり方ならもう知っていた。敏感な性器は確実に形を変えて、先端から滴をこぼし始める。皓々《こうこう》と明るいリビングで、クチュクチュと湿った音がした。

「やめ……あ、あっ」

「……感じてるじゃないですか」

いったん身を起こして、手を引き抜いた。指がぬるついている。侑一の目の前で、その指を舐めてみせた。

「ッ…」

侑一は首まで赤くして目を逸らした。体の底から何かが湧き上がってきたように、ぶるっと全身が震える。

もっと乱れてくれればいいのに。もっと崩れて、ぐちゃぐちゃになって、溺れてくれれば。

（もっと）

もっと我を忘れて、快楽に落ちてくれないだろうか。もっと自分勝手で欲望にまみれた、汚い人間になってくれないだろうか。

だって俺がそうなんだから。

スウェットと下着をまとめて引きずり下ろす。ソファから下りて膝をついて、侑一の両膝をぐいと大きくひらいた。

「密崎……！」

明るい電灯の下で、侑一の体を曝け出す。

ちらりと舌を出して、唇を舐めた。男とつきあっていた時だって、したことはない。小さく唾を呑んでから、口を開けて含んだ。

「やっ！」

侑一の体が跳ねる。口の中にむっとした熱と青臭い味が広がる。口いっぱいになって、少し苦しかった。でも反応してくれるのが嬉しい。

「やめ――あ、あっ」

握った膝頭が細かく震えている。舌で舐め回して、唇で扱いた。口の中のものは生々しく反応して、震えて硬くなる。

「あ、あぁ」

青い苦い味。せっぱつまった声。湿った熱。震える体。顔は見えなくても、感じているのがダイレクトに伝わってくる。

「待っ……あ」

侑一の両手が周の頭に触れる。引き離そうとして、でもできなくて、髪をぐしゃりと握りしめた。

「み、つ…ざき…っ」

もっと名前を呼んでほしい。もっと感じて、もっと俺を欲しがってくれないだろうか。していい、じゃなくて。すればいい、じゃなくて。

許可や同意が欲しいんじゃない。もっと喉の奥から手を伸ばすみたいに、心の底から、体の底から、俺を欲してくれないだろうか。身も世もなく。身を投げ出して。みっともないくらいに。

「あ、だめっ、は、なせ…って」

だって俺がこんなにみっともないほど、あなたが欲しいんだから。

「っ、密崎……っ！」

侑一が息を詰まらせた。口の中のものも体全体も、大きく跳ね上がった。

「っ、――」

湧き出したものに喉を突かれる。苦しくて、とっさに口を離した。飲み込もうとしたけれどできなくて、うずくまって口を押さえる。

「うっ――」

苦しくて、涙が出た。

「…っ、は……はあ……」

再生していた動画はもう止まっているらしく、部屋は静かだ。自分が咳き込む音と、侑一の荒い呼吸の音だけが聞こえている。

「な……んで、こんな……」

かすれた声がした。

泣いているみたいに聞こえた。

「……すみ、ません」

飲み込みきれなかった精液が指からあふれ、顎をつたってフローリングに落ちる。顔を上げられなくて、見られたくなくて、でもいなくならないでほしくて、侑一の足首をつかんだ。

「すみません。乱暴にして……」

自分がみっともなくて、涙が出た。それでも離せない。

「……なんでもする」

侑一は答えない。呼吸の音しか聞こえない。

「あなたのためなら、なんでもするから」

言うことを聞く。彼が命令するなら、あの子の王子様になる。

「だから嫌いにならないで……」

ひざまずいて足にすがって、足の甲にひたいをつけた。

俺はあの子の王子様で、この人の奴隷だ。

■

花見の時に元気だったから、油断をしていた。

暖かくなるごとに元気になっていったから。嬉しそうに笑っていたから。だから思い込んでいた。

このままきっとよくなる。冬を越えて春が来て、夏に向かうように。退院だってきっとできる。手術を受けられれば、完治するかもしれない。病名も病状も聞かないようにしていたから、だから勝手に思い込んでいた。

——なのに。

紗知の病状が悪くなったと聞いたのは、花見からちょうど一週間がたった日だった。

定休日のその日、周はいつも通りに紗知の病院に行った。そして母親から、今日は会えないと告げられた。

「昨日から熱が下がらなくてね、咳も止まらなくて……密崎さんに心配させたくないって紗知が言うから」

「もしかして、花見なんかしたから、だから」

「違います」

うろたえて周が言うと、母親はきっぱりと首を振った。

「紗知、あの日は帰ってからも、すごく元気だったもの。楽しかった、嬉しかった、って。密崎さんに会うと、元気になるの」

「……」

「あの子、密崎さんのこと——」

言いかけて、込み上げてきたものをこらえるように、母親は片手で口元を押さえた。

「だからどうか、また会いにきてやってください。具合がよくなったら連絡しますから」

顔を上げて、周に笑いかける。周は返す言葉を失くした。——坂道じゃなくて、階段。

病院からの帰り道、花見をした公園に行ってみた。

気温は日ごとに上がっている。春の陽気のもと、あの日と同じようにたくさんの人が思い思いに過ごしていた。

でも桜の花は、ひとつ残らず散ってしまっていた。桜は葉桜になって他の木にまぎれてしまい、もう遠目だとどれが桜かわからない。大量に散ったあの花びらはどこへ行ったんだろうと、毎年感じることを、いっそう強く思った。

その週は、侑一も周の部屋に来なかった。

今週は行けない、とそっけなく連絡があっただけで、紗知のことは何も書かれていなかった。周からは何も返さず、それきり連絡は途絶えた。

紗知の母親からも連絡はない。こちらから訊く勇気もない。紗知にも侑一にも会えないまま、春が過ぎていこうとしていた。

四月の終わりには、紗知の誕生日があった。

侑一から聞いていたので、周はプレゼントを用意していた。小さな石のついたネックレスと、朝顔の種。

けれど当日は店があったし、紗知の病状がよくわからない。店を閉めてから行くと、病院の面会時間ぎりぎりだ。それでも行くだけ行こうと思って支度をしていると、母親から電話があった。

『密崎さん……――』

最初から涙交じりの声だった。ぎくりとした。

『あの、こんな時間にすみません。今日はお仕事だってわかってるんですが……』

「大丈夫です。どうしましたか？」

『あの……今日は紗知の誕生日なんです』

「知ってます。今から行こうと思ってました。行っても大丈夫ですか？」

『お願いします。あの子……密崎さんに会いたがって』

声が嗚咽に途切れた。すぐに行きますと電話を切って、周はマンションを出た。

暗くなってから紗知の病院に入るのは初めてだった。外来診療は終わっているのでロビーに人は少ないけれど、入院病棟では患者や看護師が行き交っている。紗知の病室に向かうと、廊下に母親が立っていた。

「密崎さん」

泣き笑いのような顔を見て、周は強く動揺した。

自分は紗知の元気な時の顔しか見ていない。頭ではわかっているつもりでも、本当にはわかっていなかった。無意識にいい方に考えて、決めつけて――自分のことばかり考えていた。

「ありがとうございます。あの子、喜びます」

「あの……俺」

目が泳いだ。自分はお礼を言われるような人間じゃない。

「会ってやってください。でも、部屋の電気はつけないでください。あの子、具合の悪い顔を見せたくないって」

「……」

ごくりと唾を呑んだ。

お願いしますと頭を下げられ、周はドアに向き合った。母親は中に入らないつもりらしい。

個室のレールドアを開けると、中は暗かった。でも、ベッドヘッドの明かりはついている。

紗知はベッドにいなかった。窓際にも小さな明かりがあって、座っている影が見える。

「密崎さん」

紗知の声がした。声は今までと変わらなくて、また思い込みたくなる。

「ごめんなさい。暗くて。このままでもいい？」

「もちろん」

ゆっくりと近づいていった。

はっきりとは見えない、淡い光だ。紗知は車椅子に座っている。車椅子に座っているのを見るのは初めてで、周は内心でショックを受けた。

「こんな時間に来てもらってごめんなさい。お母さん、無理言わなかった？」

紗知は具合の悪い顔を見られたくないと言っていたらしい。だったら、自分も普段通りにした方がいい。周は小さく息を吸って、背筋を伸ばした。

「いや、来るつもりだったから」

ライトに照らされた紗知の顔はほんのりと白く、やけに小さく頼りなく見えた。

「誕生日おめでとう」

笑みを作って、言った。普段通りの声が出たかどうかはわからない。やっぱり自分は俳優には向いていない。

「ありがとう」

それでも紗知は笑ってくれた。

ベッドのそばからスツールを持ってきて、紗知のそばに座った。ジャケットのポケットから、ひとつめのプレゼントを取り出す。

「店を閉めてから来たから、花は買えなかったんだ。でもこれ、朝顔の種」

種は紗知が好きそうな花柄の封筒に入れていた。手のひらを出してもらい、中身を出す。

ころころと小さな種がたくさん転がり出てきた。

「わあ。かわいい」

白い顔が微笑む。あどけない子供みたいに見えた。

「植えたら観察日記をつけてくれる？　花が咲いたら、見せてほしいな」

数秒、返事が遅れた。

「うん」

紗知はにこりと笑った。

「もうひとつ、プレゼントがあるんだ」

気づかないふりで、周はもうひとつのプレゼントを取り出した。細長い白い箱に、ピンクのリボンがかかっている。

プレゼントを見て、周の顔を見て、紗知は何度か瞬きした。

「開けていい？」

頷く。紗知がリボンをほどいて包装を開ける。蓋を開けると、紺色の内張りにセットされたネックレスのトップが、ライトの光にちかりと光った。

「……わあ」

紗知はうっとりとしたように吐息をこぼした。

「綺麗。星みたい」

あまり装飾のないシンプルなネックレスだ。紗知の言葉通り、星みたいに光っている。

「つけてあげるよ」

王子様みたいに言って、ネックレスを手に取る。王子様だったらそうするように、紗知の華奢な首に両手を回して留め金をとめた。

「嬉しい。また夢が叶っちゃった。密崎さん、ありがとう」

首元で小さな石が光る。顔を上げて笑う紗知の目にも、涙が小さく光っている。見ないふりをすることしか、周にはできない。

「今ね、星を見てたんだ」

窓の方に顔を向けて、紗知が言った。

「星？」

都内の病院で、そんなに高層じゃない。窓から見えるのは街灯りばかりだ。それでも夜空には、小さな星がぽつぽつと輝いていた。

「星に願いを、っていうじゃない？　だから願いごとをしてたんだ」

「願いごと？　なに？」

「できるだけ長生きしたいなって」

「――」

一瞬、呼吸が止まってしまった。

とっさに言葉が出てこない。やっぱり自分には王子様なんてできそうにない。

そんな周にはかまわず、子供のような無邪気な顔で、紗知は続けた。

「それでね、密崎さんをめぐって、ゆうちゃんと三角関係になるの」

「……え？」

「密崎さん、ゆうちゃんのことが好きなんでしょ？」

微笑んで、紗知は言った。

周は目を見ひらく。答えられなかった。頷くことも、首を振ることもできない。

「昔、ゆうちゃんから聞いたことがあるんだ。はっきり聞いたわけじゃないけど……なんか、下級生の男の子から告白されたみたいなこと言ってた」

「……」

「それ、密崎さんでしょ？」

どくんと心臓が鳴る。周は膝の上で拳を握り締めた。

「な…んで」

震える声が出た。みっともない。年下の女の子に問い詰められて、手も足も出ない。

「だって密崎さん、私といると私のこと見てくれるけど、三人でいるとゆうちゃんを盗みたいに見て、ゆうちゃんのことばかり気にしてるんだもの」

「……」

「密崎さんばっかり見て、密崎さんの言葉をベッドで何度も思い出してる私とおんなじ」

「……俺は」

言い訳を探した。嘘を探した。でももう何ひとつ出てこない。こんな場面で嘘を言えるほど、完璧な王子様じゃない。

「——ごめん」

優しい嘘を探す代わりに、格好悪く謝った。

「謝らないで」

初めて、紗知が硬い声を出した。

「謝られたら、私がみじめじゃないですか」

頼りない明かりの中でも、紗知の唇が震えているのが見えた。

「密崎さんが私のことを好きじゃないことくらい、最初からわかってました」

「……そんな」

「優しくしてくれるけど、恋じゃない。それくらい私だってわかるよ。どうせゆうちゃんが頼んだんでしょ」

返す言葉がない。手も足も出ない。

「ゆうちゃんって馬鹿で鈍感で……ほんっと馬鹿で。馬鹿みたいに優しいから」

紗知の息が、喉のあたりでひくっと跳ねた。

「わかってて騙されたふりした私も馬鹿なんだけど」

声が震えて、泣くんじゃないかと思った。ここで紗知に泣かれたら、どうしたらいいかわからない。

「…っ」

でも紗知はきゅっと唇を噛み締めた。それから大きく息を吸って、がらりと声の色を変えた。

「つまりゆうちゃんは、私のライバルなんだよね」

明るい声で、笑って言う。

「そういうの、悪くないなって。勝ちたくてがんばったり、お洒落したり。それでふられたら泣いてゆうちゃんに八つ当たりして、やけ食いしたり髪を切ったりするんだ」

「やけ食いするんだ？」

「うんそう。ケーキをホールで食べたりしちゃうの」

周はふっと笑った。ちゃんと笑えたと思う。紗知もふふっと笑った。

笑ってから、ゴホッと咳き込んだ。

「紗知さん」

周はあわてて立ち上がって紗知の肩に手を置いた。

紗知は背中を丸めてゴホゴホと咳き込む。体全体が揺れて、膝の上に置いていたネックレスの箱とリボンが落ちた。咳き込んだ時に吸う息がひゅうひゅうと苦しそうだ。

「看護師を呼んだ方が」

うろたえた声が出た。紗知は手を上げて周の手首を握った。

「……大丈夫」

「でも」

握る手にきゅっと力が入る。血の気のない顔を上げて、唇を震わせながら、紗知は言った。

「大丈夫だから、お願い、もう少しだけ」

「……」

どうしたらいいかわからなくて、すとんと落ちるように周はスツールに戻った。

紗知は両手で胸を押さえて呼吸を整える。ようやく落ち着いてから、言った。

「密崎さんも馬鹿だよね。ゆうちゃんのこと好きなくせに、こんなこと引き受けちゃって……わかっててつきあってもらった私も、大馬鹿」

ネックレスを握った片手に、もう片方の手を重ねる。うつむいた白い頬に、乱れた髪がかかっていた。

「馬鹿だから……それでも嬉しかった。こんなプレゼントもらっちゃいけないってわかってるけど、でも嬉しいよ。馬鹿だもん」

何を言ったらいいのかわからなかった。言える言葉がない。つきあった女の子にも女性客にも、喜ばせるセリフをたくさん吐いてきたのに。こんな時に、大切に思える女の子に言える言葉がひとつもない。

「でも、馬鹿になれてよかった」

紗知の唇から、嗚咽が漏れた。

「よかった。恋ができて。自分じゃどうしようもなくて、ひとりよがりで、馬鹿でみっともなくて……そういう恋ができて、よかった」

「紗知さん」

周は片手を上げた。でも行き場がない。触れていいのかどうかわからない。

「ありがとう」

嗚咽をこぼしながら紗知が言って、周は力なく片手を下ろした。

紗知の肩が大きく上下する。しゃくりあげる喉を押さえ、何度か深呼吸をしてから、紗知は顔を上げた。

「だから、もういいです」

笑って、言った。目尻には涙の粒が残っている。

「私はもう充分です。だから密崎さんは好きな人のところに行って」

「え…」

「私、今ちょっと調子が良くないから……お見舞いももう来なくていいですから」

言いながら、顔が歪む。萎《しお》れた花みたいに、だんだんうつむいていった。

「でも」

周はとっさに肩に手を伸ばした。

「――わかんないかなあ！」

初めて聞くような声で、紗知が怒鳴った。

「同情でつきあってもらうの、もうたくさんって言ってるの！」

息を呑んだ。

声を荒げたあと、紗知は咳き込んだ。さっきよりも激しく、さっきよりも苦しそうに。

咳《せき》を繰り返すごとに喉からざらついた音が漏れて、膝の上から朝顔の種を入れた封筒も落ちる。小さな黒い種がばらばらと床に転がった。

「紗知さん…！」

周は立ち上がってベッドの方に走った。枕元だけを照らすライトの横、ナースコールのボタンを握って押す。すぐに応答があった。

『どうされました?』

「あの、咳が止まらなくて、とても苦しそうで」

『すぐに行きます』

紗知のところに戻る。華奢な体が咳に揺れている。あんまり咳が激しくて、細い体が折れそうだ。

でも自分には何もできない。彼女にしてあげられることが、もう何もない。

看護師が二人駆け込んできたのと同時に、紗知の母親も部屋に入ってきた。部屋が明るくなる。看護師が抱きかかえるように紗知をベッドに連れていった。

とっさに周もベッドのそばに行こうとした。その前を塞ぐように、母親が立ちはだかった。

「ありがとうございました。もうお帰りください」

きっぱりとした声で言って、母親は深く頭を下げた。

「――」

周は絶句《ぜっく》した。

「本当にありがとうございました」

頭を下げる母親の肩が震えている。その背後で看護師がてきぱきと処置をしている。部屋は明るくなったけど、紗知の姿はよく見えなかった。

何も言えず、ただ一礼して、周は病室を出た。

病院からタクシーに乗ったのは初めてだった。ドライバーの目に、自分はどう映っただろう。家族や大事な人に何かあって、打ちひしがれている人に見えただろうか。それとも無表情だったかもしれない。

マンションに着いて、料金を払う。エレベーターに乗る。階数ボタンを押す。ロボットみたいに機械的にこなした。

玄関のドアを開けると、明かりがついていた。

つけっ放しで出たはずはない。廊下に上がると、リビングから侑一が出てきた。

侑一には合鍵を渡していた。でも今日は週末じゃない。彼に会うのは、ずいぶん久しぶりのような気がした。

「――密崎」

侑一の顔を見た瞬間、止まっていた感情がぐらりと動いた。

「紗知のところに行ったんだろう？」

筒抜けだな、と口の中で呟く。顔を隠すように、うつむいて片手でひたいを押さえた。

侑一が近づいてくる。いったん動きが止まった。片手がそっと、頬に伸びてきた。

「……どうしたんだ」

(どうした？　何が)

指先が頬に触れる。顔を覗き込んできた。

てきた。

「……すみません」

声を聞いて、触れられて、顔を見たら、止まらなくなった。感情が洪水のようにあふれ
「すみません、先輩」

視界が歪んで、ぐらりと揺れる。立っていられなくなって、廊下に両膝をついた。

「密崎」

侑一も膝をついて、肩に手を伸ばしてきた。その手が一瞬、止まった。

「……なに、泣いてるんだ」

ぽたっと一滴、涙が廊下の床に落ちた。

「すみません。すみません、先輩」

何に謝っているのか、よくわからなかった。ただ全部が悲しくて、自分の存在が許せなくて、涙が出た。

顔を上げる。侑一の顔がすぐそばにあった。優しい、とらえどころのない瞳。でも今はまっすぐに周を見つめている。自分はこの人のために何ができただろう。

「地獄には俺が落ちるから……」

星に願いたかった。それともいつかのように天使の梯子が降りてきてくれるのなら、天

使に。

地獄には自分が行く。だからこの人は見逃してくれないだろうか。

この人は馬鹿で優しかっただけだ。酷い人間なのは、罰されるべきなのは自分だ。

だからこの人のことは許してほしい。どうか。

「……大丈夫だよ」

侑一の手が頬に触れる。包み込むように両手で挟んで、流れる涙を拭った。

「大丈夫。密崎はなんにも悪くないから」

目を合わせて、侑一はにこりと笑った。

「頼んだのは俺だろ。悪いのは俺。だから地獄には俺が行くよ」

「……ちがう」

あとからあとから涙があふれ出る。息が苦しくて、子供のようにしゃくりあげた。

「そんなのだめだ。お、俺——俺が」

「そんなに泣くなよ。いい男が台無しだろ」

侑一は笑う。軽口の口調で、言った。

「密崎は優しいなあ」

「ちがう——違う違う違う！」

周は激しく首を振った。侑一の手が離れて、涙がぼたぼたと床に落ちる。喉と胸を押さえて、床にひたいがつくほどに頭を垂れた。

「……じゃあ」

ふわりと包まれるような感じがした。うずくまった周を、上から侑一が抱きしめている。

体温と息遣いを感じた。

「一緒に行こうか」

すぐ耳元で、歌うような優しい声で、侑一が言った。

「地獄へ」

「…っ…――」

涙が流れ落ちた。

こんな冷たい廊下で。

大切な女の子が病院で苦しんでいて。自分はやっぱり彼女を傷つけたんだとしか思えなくて。

なのに、しあわせだった。

しあわせだと思ってしまった。

天使に嫌われても、神様に見放されてもいい。

優しいものや綺麗なものを踏みにじっても、一緒に地獄へ行こうとこの人が言ってくれるのなら。

「だから泣くなよ……」

すぐ近くで聞こえる声が震えていて、侑一も泣いているんだとわかった。

その日の夜は、一緒に眠った。

いつもは、行為を終えると侑一は周に背中を向けてしまう。でも今日は、周の方を向いて目を閉じた。周も侑一と向き合った。膝を曲げて、子供みたいに丸くなって。何度も同じベッドで寝たけれど、こんなふうに向き合って眠ったのは初めてだった。

もう春も終わりなのに、寒い夜だった。ベッドの中で、ひたいをくっつけるようにして、朝が来るまで目を閉じていた。


誕生日の夜以降、紗知は面会謝絶になった。

侑一からも母親からも連絡はなかったので、周は詳しいことは何も知らなかった。

その連絡が来たのは、最後に会ってから一か月近くがたった頃だ。短い春と初夏が通り過ぎ、季節は雨のシーズンに移ろうとしていた。

朝から空が重く、時おり湿った風が吹く一日だった。侑一から、電話ではなくメッセージだけが来た。店の営業を終えたあとにそれを見て、周はしばらく立ち尽くした。

頭が真っ白になった。それでもどうにか閉店作業を終え、タクシーで病院に向かった。

建物に並ぶたくさんの窓には明かりがついているけれど、表玄関とロビーは照明が抑えられている。玄関からは見えない場所に救急の出入り口があるらしく、遠くから救急車のサイレンが近づいてきて、敷地内に吸い込まれて消えた。

ロビーに入ろうとして、周は自動ドアの手前で足を止めた。

総合受付のカウンターはもう終了している。並んだ長椅子に一人だけ、ぽつんと座っている人影が見えた。

侑一だった。

侑一がその時に立ち会ったのか、どれくらい時間がたったのか、周にはわからない。侑一は家族でも婚約者でもないから、一緒にはいられないんだろう。

重く垂れこめた雲は今にも泣き出しそうで、でもまだ降り出してはいない。湿った風が吹いてきて、周の前髪を揺らした。

どうしても、中に入ることができなかった。

もう長い間侑一とは会っていない。会いたい。でも会えない。交わす言葉がない。顔を見られない。侑一のそばに、この病院の中に、周の居場所がない。

自動ドアが反応しない位置に立ったまま、周はポケットからスマートフォンを取り出した。

侑一に電話をかける。音は聞こえないけれど、彼の肩がぴくりと動いたのが見えた。

侑一がスマートフォンを耳にあてる。通話が繫がる。

『……』

侑一は何も言わない。少ししてから、呼びかけた。

「先輩」

『…っ……』

震える息遣いが聞こえた。でも声はしない。

「……先輩、俺」

きっと泣いている。でもそばに行けない。スマートフォンを耳にあてたまま、周は一歩うしろに下がった。

「俺、先輩の目に映る自分が好きだった」

返事はない。すぐ近くにいるのに、とても遠く感じた。

「俺が知らない俺のことを見ていてくれてる気がして……」

王子様じゃなくて。普通に泣いたり笑ったりして。時々は真剣で。馬鹿みたいで。

馬鹿みたいに人を好きになって。

「だから先輩に見ていてほしくて……」

ガラス越しのロビー。長椅子の背の向こうに見える肩は動かない。ただじっとスマートフォンを耳にあてている。

「だけどもう、終わりですよね」

涙が流れ落ちた。

紗知のために泣いているのか、自分のために泣いているのか、わからなかった。自分なんてこんな人間だ。どうしようもない。

「もう会いません」

『…っ』

スマートフォンの向こうで、小さく嗚咽が聞こえた。

周はそのまま病院に背中を向けた。歩き出す。侑一のいる場所が遠くなっていく。

「さよなら」

言って、通話を切った。

歩いて病院を離れる。最寄り駅が近づいてくると、次第に人が増えていった。車の往来が増え、色とりどりの明るい光が並び始める。

店先には色や装飾があふれ、歩道をたくさんの人が歩いていた。いつも通りの日常だ。どこかで誰かが泣いていても、世界は止まらず動いている。

地下鉄駅の入り口近くで、ぽつりと一滴、ひたいを水滴が叩いた。

周は立ち止まって空を見上げた。重く垂れこめた雲が、重さに耐えきれなくなったように雨粒を落とし始めた。

橘侑一にとって密崎周は、生きて動いて、目で見て手で触れることのできる、奇跡みたいなものだった。

奇跡が向こうからやってきて自分を好きになるなんて、普通は思わない。

(このあたりだと思うんだけど……)

侑一は住宅街の一角を歩いていた。この道をまっすぐ行くと、海に出る。材木座海岸だ。鎌倉は観光地だから、大通りや駅近くには観光客向けの店が並び、人も車も多い。でも一本外れると道は狭く、普通の家並みが広がっている。

けれどそんな中にも神社や寺が多くて、洒落た店も点在していた。高校生の時に映画を撮ったので、このへんの街並みはなんとなく覚えている。

覚えている店がまだあったり、なくなったりしているけれど、すぐ近くに海を感じるのは同じだった。まだ海が見えなくても、人はどうしてこの先に海があるってわかるんだろうと思う。空間がひらけていて、たくさんの水と光の気配がする。

そんな場所に、彼の店があるらしい。

侑一はスマートフォンを取り出した。もらったメールをもう一度見直す。メールはメイクアップアーティストの三枝マキからで、連絡自体がひさしぶりだった。そこに書かれた住所と、スマホのマップを再確認する。このあたりで間違いない。

きょろきょろとあたりを見回す。閉業した理髪店を改装していて、とりあえずの仮店舗らしいとマキさんは書いていた。理髪店の店先によくある赤と青のネオンサインは見当たらない。

（……あった）

あった。見つけた。

昔ながらの理髪店を想像していたけれど、こぢんまりとしたカフェのような店構えだった。理髪店だったなんて、言われなければわからない。

ドアはガラス張りだけど、通りに面した窓はない。小さな店だ。彼らしいと思う。ドアに貼られたさりげない店名のプレートを見て、胸が詰まった。

オルタンシア。

「——っ…」

少し離れたところで立ち止まって、侑一は口元を押さえた。

この店名の看板を見るのは、二年ぶりだ。二年前、彼は突然店を閉めてしまったから。

侑一の幼なじみだった女の子が亡くなって、三か月ほどがたった頃だった。その少し前に彼のマンションで別れてから、一度も会っていなかった。

店を畳んだと連絡をくれたのも、マキさんだった。マキさんは紗知の葬式にも来てくれて、周のことも侑一のことも心配してくれていた。

紗知が亡くなってしばらくは、彼は普通に仕事をしていたらしい。けれど、笑えない、とマキさんに訴えたんだそうだ。

施術は問題なくできるけれど、客に笑いかけることができない。営業トークができない。状態はだんだん悪くなっていって、彼は予約を取るのをやめた。それまでに入っていた予約客にすべて対応してから、店を閉めた。

マキさんはしばらく休業することを勧めたそうだけど、彼は店舗を引き払ってしまった。上のマンションの部屋も引き払ってしまい、それ以降、連絡は取れていなかったという。

その後、マキさんからの連絡は途絶えていた。侑一からは何も連絡しなかった。

侑一は変わらず薬剤師として働いていた。仕事をして、家に帰り、食事をして、一人で眠る。その繰り返しで、どうにか日々をやり過ごしていた。

そうして、二年がたった。

マキさんからメールが来た時、侑一は電車に乗ろうとしていたところだった。ポケットの中のスマートフォンが震えたので何気なく確かめて、足が止まった。

ちょうど帰宅ラッシュの時間帯で、人の流れを邪魔してしまい、ぶつかられて舌打ちされた。それでも、動けなかった。

ふらふらと柱のそばに移動して、電話をかけた。マキさんの声を聞くのは、紗知の葬式以来だった。

少し前から仕事を再開していたんだと、マキさんは言った。

『それまで断ってた雑誌の仕事とか、あとショーの仕事とか。僕やお姉さんが紹介したのもあるんだけど、周くんは実力あるからね。腕は鈍ってなかったし、店を持たなくても、スタイリストとして充分やっていけると思う』

けれどやっぱり自分の店を持ちたいと、彼は言ったらしい。普通の人を相手にした店をやりたい、と。

そうして、理髪店だった物件を見つけた。居抜きで契約して、とりあえず週に数日だけ営業する予定で店舗をひらくことにしたという。

海の近い、この街に。

この道をまっすぐ行くと、材木座海岸に出る。その手前に、国道を渡る小さなトンネルがある。よく覚えていた。通り雨の中、そこで彼と雨宿りをした。雨上がりの空から降り注いだ、天使の梯子を見た。

光の中で振り返った顔を思い出す。それから降りしきる花吹雪の下、侑一を見つめた瞳を。

奇跡みたいに綺麗な男だと思っていた。顔かたちだけじゃなくて、彼の存在そのものが。

生きて動いて、自分に笑いかけてくれて、触れられる。侑一にとっては奇跡だった。

その彼が、今ここにいる。

今日がオープン日だと、マキさんは書いていた。でもネットにもどこにも広告は出していないらしい。店名のプレートはあるけれど、一見ではここが美容室だとはわからないだろう。客はいるんだろうか。

夏は少し前に過ぎ去って、海水浴シーズンはとっくに終わっていた。厳しい残暑も終わり、やっと涼しくなり始めたところだ。夏が終わっても鎌倉には一年中観光客がいるけれど、このあたりは人通りはそれほど多くない。

スマートフォンをジーンズのポケットにしまう。一度深呼吸をしてから、侑一は足を踏み出した。

飾り気のないドアの前に立つ。そっと押すと、カランと澄んだベルの音がした。

店舗のはずなのに、中にいた人物が驚いたように振り返った。一人だけだ。客はいない。

「いら……――」

たぶんいらっしゃいませと言いかけて、彼は口を閉じた。

二年ぶりだった。

たった二年なのに、ずいぶん変わった気がした。でも変わっていないような気もする。

髪の色が暗めになっている。少し短くして、すっきりしている。それだけじゃなく、どこか陰ができたような気がした。高校生の頃や再会した頃のような、眩しいほどにきらきらした王子様っぽい輝きは控えめになっている。

だけどやっぱり、綺麗な男だった。陰ができて大人びたぶん、ひんやりとした色気がある。普通の服を着て立っているだけで、雰囲気がある。こんな目立たない店の中に、自分の目の前にいるのが嘘みたいだ。

ああ彼を撮りたいな、と思った。誰に見せるためでもなく、自分のためだけに。

「……橘先輩」

低く呟いた声は、記憶の中のものとまったく同じだった。

「密崎」

名前を呼んで、声が詰まった。

「……あの」

言葉を探して、侑一は体の横で拳を握りしめた。言わなくちゃいけない。あの頃言わなかったことを、今度は自分から。

「マキさんに連絡をもらって……」

周は何も言わない。違う。こんなことを言いたいんじゃない。唇を噛み締め、唾を呑んで、侑一は口をひらいた。

「俺……ずっと考えてた。密崎のこと……それから紗知のこと」

座席の横に立っていた周は、ゆっくりとこちらに近づいてきた。

店内は理髪店だった頃とあまり変えていないらしく、シンプルで清潔感のある空間だった。以前のオルタンシアのスタイリッシュな雰囲気とは違うけれど、今の彼には似合う気がする。

「紗知は俺にとって本当に大切で、妹みたいで……恋愛感情ではなかったけど、それでもかけがえのない存在だった。だからなんとか元気になってほしくて、夢を叶えてやりたくて……でも、それって傲慢だよな。叶えてあげる、なんて」

自嘲する笑みが口の端からこぼれた。

「たぶん紗知のことを一番に考えて守っていれば、許されるような気がしていたんだと思う。自分の勝手さとか、弱さとかを。正直、ちょっと重荷だったこともあったし、自分の生活にかまけて紗知から遠ざかっていたこともあったしさ」

「……そんなの、普通のことでしょう」

低い声で、周が言った。

「紗知さんの方が、先輩を縛りつけてるんじゃないかって気にしていましたよ」

侑一はまたちょっと微笑った。こういうそっけない、ちょっと冷たいくらいの口調で、彼はいつも優しいことを言う。いつも、いつだって、彼は優しかった。

「でもそのせいで、密崎を傷つけた」

「……」

「それに紗知のことも……紗知、ああ見えてすごくいろいろ考えてる子だったからさ、ほんとはわかってたんじゃないかな。俺が密崎に頼んだんだって」

周は何も返さなかったが、うつむいて目を伏せる仕草で、やっぱりそうだったんだとわかった。

「結局、俺のしたことは傲慢で偽善的で、二人を傷つけるばかりで。——でも俺」

年甲斐もなく声が震えて、胸元を握り締めた。

「俺……酷いことをしていたのに——嬉しかった」

周が顔を上げる気配がした。

「密崎に再会して嬉しかったし、一緒にいられて……最初はとまどったけど、だ…抱きあうことができて——嬉しかった」

「……」

「嬉しい自分を、思い知った。——最低だよな」

また一歩、周が近づいてくる。侑一は顔を上げられなかった。彼の顔が見られない。頬に血が上る。胸が震える。自分は今、どんな顔をしているだろう。

きっと恋と自己嫌悪にまみれた、ぐちゃぐちゃの顔だ。

「だから、俺が罰を受けるのは当然なんだ。なのに密崎が店を閉めちゃって、いなくなって……どうしたらいいのかわからなかった。謝りたいけど、会っちゃいけないって思って……でも、会いたくて」

すぐそばに周が立っている。侑一はその靴を見ていた。うつむいた顔のひたいのあたりに、視線を感じる。

「マキさんに訊けばわかるだろうけど、でも訊いちゃいけない、会いにいく資格は俺にはないって思ってて……」

周はまだ何も言わない。侑一はだんだん怖くなってきた。もう手遅れだろうと思っていたけれど、やっぱり怖い。

だってあんなの奇跡だったんだから。奇跡なのにちゃんとつかまなかったから、手の中から滑り落ちてしまった。最初からなかったみたいに。

「でも、ずっと目で捜してた。美容室を見つけると中を覗きたくなって、雑誌に載ってるんじゃないか、街ですれ違うんじゃないかって、いつも……」

閉業してしまったオルタンシアを見た時、取り返しのつかないことをしたと悟った。もう会えない。彼に会えないなら、生きていけないんじゃないかと思った。

「いつも目で追って……捜して」

周の右手が、ぴくりと動いた。

何をしようとしたのか軽く手を上げて、でも何もせず、そのまま下ろした。

「ぐ、偶然見つけるなら、許される気がして……」

泣き出しそうな声になってしまった。情けない。ちゃんと言わなくちゃいけないと思っていたのに。

「高校の時から——文化祭で初めて会った時から、そうなんだ」

拳を握って、侑一は言った。

「俺は密崎のこと、見ていたいんだよ」

胸に深く息を吸う。まだ言わなくちゃいけないことがある。顔を上げようとした時、周の声がした。

「先輩」

侑一は顔を上げて、初めてきちんと周の顔を見た。

「俺、病院で先輩に再会してから、ちゃんと言ってなかったなってずっと思ってて」

黙って立っていると近寄りがたいところがあるけれど、口をひらくと、以前の彼に戻った気がした。照れくさそうに目を伏せる仕草は、あの頃のままだ。

「え？」

「——好きです」

まさか今、彼の口から言われると思っていなくて、考えてもいなくて、侑一は目を見ひらいた。

「……ごめん」

とっさに、口をついて出た。

「え、あの」

周は半歩下がった。

「あっ、ちがっ、そういう意味のごめんじゃなくて」

侑一はあわてて片手を振った。焦る。どうにもうまくいかない。恋い焦がれた相手を前にして、上手に喋るなんて自分には難易度が高い。

「違うんだ。俺、密崎に言わせてばっかで……自分は見てるだけで、いつも密崎に言わせて、させて。俺から言ったんじゃないって自分に言い訳をして」

「……」

「そういうの、もうやめようと思ったんだ。だからもし……もしもう一度会えたら、今度は俺からちゃんと言おうと思ってた」

周は黙って立っている。まっすぐな視線が痛い。見られるより見る方がやっぱり好きだけど、彼の顔をまともに見られなかった。

乾いた喉に唾を飲み下して、侑一は言った。

「俺、密崎が好きだ」

「――」

反応がない。周は時間が止まったような顔をしていた。あるいは鳩が豆鉄砲をくらったような。

「あの、だから……」

どっと恥ずかしくなる。汗が滲む。こんなシチュエーションには慣れていない。こんなに綺麗な男を前に、何をしたらいいのかわからない。

こくりと唾を呑んで、大きく一歩前に出た。両腕を伸ばして、その体を抱きしめる。周は侑一より背が高いから、しがみついているような形になった。

「こういう意味で……好きだ」

顔を上げられない。もう次は何を言ったらいいのかわからなかった。これ以上は思いつかない。

「……先輩」

周の両手が動いた。

背中に腕が回る。侑一が抱きしめた以上の力で、抱きしめられた。

「――……」

視界が滲んだ。

ここに来るまでは、自分はふられると思っていた。だって二年も前のことだし、自分は彼に酷いことをした。才能があって、人気があったのに、自分が店をやめさせたようなものだ。

だから拒絶されるのはあたりまえだし、冷たくされるのも、罵《のの》られるのも覚悟していた。

でも彼は優しいから――侑一が知っている人の中で一番優しいから、たぶんそんなことはしないだろう。それでもきちんと謝って、言わなくちゃいけないことだけを言って、終わりにしようと思っていた。

こんなふうに抱きしめられるなんて、思ってもいなかった。

「み、密崎」

周は侑一の肩口に顔を伏せている。ゆっくりと顔を上げた。

間近で目が合った。

目が眩む。周と会うと、間近で見つめられると、いつもそうだった。彼の存在で頭の中がいっぱいになって、何もわからなくなる。

唇が近づいてきて、吸い寄せられるように重なった。

「…っ…」

触れただけだ。あの頃みたいに、中に入り込んできて侑一をかき乱すような激しいものじゃない。でも充分に熱くて、重ね合わせているだけで胸がいっぱいになった。

「……先輩」

唇が離れると、周はひたいをくっつけてきた。至近距離で見つめてくる。睫毛が長い。

瞳が潤んで輝いている。

「あ、あの」

急に恥ずかしくなって顔を逸らした。周はいつも侑一をいたたまれなくさせる。なにしろ顔がよすぎるのだ。

「み、店っ」

「え?」

「店、開けたんだろ…っ。ひ、人が来るかもしれないから」

「ああ…。でも、広告も出してないから今日はたぶんほとんど来ませんよ」

憎らしいくらい普通の声だ。こういう方が、彼らしいと思う。

「午後に近所の人とマキさんが来てくれるって言ってたから、準備だけしておこうと思ったんだけど……」

言って、思いついたように、周はぱっと腕を離した。にこりと笑う。

「そうだ。先輩、最初の客になってくれませんか?」

「え、俺?」

侑一は目を瞬かせた。

「そういえば先輩の髪を切ったことなかったなって思って。客として前の店に来てくれたことなかったでしょう」

「ああ……そういえばそうだったな」

だって周の前の店は、侑一にはお洒落すぎたのだ。そこでスタイリストとして仕事をしていた周も、侑一には眩しすぎた。

でも、今なら。

「うん。じゃあ……頼むよ」

頷いて、周の顔を見る。やっぱり侑一には眩しい。

だけど周の方が、眩しそうに目を細めた。それから侑一の好きなとびきりの顔で、笑った。

■あとがき■

こんにちは。高遠琉加《たかとおるか》です。ショコラ文庫では2冊めになります。

『初恋に堕ちる』、楽しんでいただけたでしょうか。これ、最初のタイトルは『恋の奴隷にしてください』でした。ラブコメっぽいという理由で没になったんですが、どうしてそんなタイトルだったのかというと、某男性アーティストの『恋の奴隷』という曲を聴いていて浮かんだお話だったからです。そんないい声で、そんな誠実そうな顔で、こんな美しくてエロい歌を歌うのか！　という曲なので、よかったら聴いてみてください。

今回の主人公は美容師なんですが、美容室といえば、最近、縮毛矯正をかけました。私、かなりのくせ毛なんですよね。くせ毛風パーマっぽいくせ毛(ややこしい)なので、「パーマかけてると思った」とよく言われるんですが、くせの出方は毎日違うので、パーマっぽいところまで持っていくのが大変なのです。毎日面倒だし、雨の日はほんと憂鬱だし、最近夏が暑すぎるので、何年ぶりかに矯正をしてみたんですが……すごい！　進化してる！　もうめちゃくちゃ楽になりました。人生が楽になる、ってレベルで楽。

前にもかけたことはあったんですが、矯正って髪が傷むし、不自然にまっすぐになるし、お金かかるし……で、最近はやってなかったんです。でも今はそんなに傷まないし、けっこうリーズナブルになってるし、美容師さんの腕のおかげか、とても自然な感じでした。

美容業界って進化してるなあ。美容師さん、ありがとう！　伸びてくる髪はくせ毛なので、この先どうなるかはわからないけど。

　くせ毛の話に終始してしまいましたが、関係者の皆様にお礼を。イラストはまだラフ以外拝見していないのですが、北沢きょう先生なら、きっとイケメンスタイリストを本当にかっこよく描いてもらえると思うので、とても楽しみです。ありがとうございました。

　緊急事態宣言が出ていた折なので、出版社の方もいろいろたいへんだったと思います。編集さん他、出版に携わってくださった方々、ありがとうございました。

　そして読んでくださった皆様、ありがとうございました。まだまだ世の中は大変ですが、ひとときの息抜きや楽しみにしてもらえたら嬉しいです。不要不急なものって、心には絶対必要…。

　それでは、またどこかでお目にかかれますように。

初出
「初恋に堕ちる」書き下ろし

CHOCOLAT
BUNKO

この本を読んでのご意見、ご感想をお寄せ下さい。
作者への手紙もお待ちしております。

あて先
〒171-0014東京都豊島区池袋2-41-6
第一シャンボールビル 7階
(株)心交社　ショコラ編集部

初恋に堕ちる

2020年9月20日　第1刷

著　者:高遠琉加
発行者:林 高弘
発行所:株式会社　心交社
〒171-0014　東京都豊島区池袋2-41-6
第一シャンボールビル 7階
(編集)03-3980-6337 (営業)03-3959-6169
http://www.chocolat_novels.com/
印刷所:図書印刷 株式会社